桂维民◎著
石春兰◎摄影

丝路寻踪

SILU XUNZONG

西北大学出版社

图书在版编目(CIP)数据

丝路寻踪 / 桂维民著；石春兰摄影. —西安：西北大学出版社，2017.1
ISBN 978-7-5604-3998-3

Ⅰ. ①丝… Ⅱ. ①桂… ②石… Ⅲ. ①诗词—作品集—中国—当代 ②随笔—作品集—中国—当代 ③摄影集—中国—现代 Ⅳ. ①I217.2 ②J421

中国版本图书馆 CIP 数据核字(2017)第 002915 号

丝 路 寻 踪

桂维民 著

石春兰 摄影

西北大学出版社出版发行

(西北大学校内　邮编：710069　电话：029-88302621　88303593)
http://nwupress.nwu.edu.cn　E-mail：xdpress@nwu.edu.cn

新华书店经销　　　西安奇良海德印刷有限公司印刷
开本：787 毫米×1092 毫米　1/16　印张：22.5

2017 年 1 月第 1 版　2017 年 1 月第 1 次印刷
字数：313 千

ISBN 978-7-5604-3998-3　定价：68.00 元

序

霍松林

　　遥望湮没在历史风尘中的丝绸之路,她曾是一次从古长安出发"凿空"西域的壮行,她又是一段关于"世界"的遥远神秘的传奇,她还是一个关于"文明"的瑰丽奇异的梦想……多少人渴望重新踏上这条风沙弥漫、冰山横亘的千年古道,在戈壁残照、驼铃声声中,亲身体验一番古代商旅的艰辛,凝望苍莽寥廓的西部,思索往昔的光荣和未来的复兴。

　　在今年的盛夏季节,有这样一个8人组成的考察团,历时24天,驱车25000余里,沿着丝绸之路的长安－天山廊道的路网(中国段),倥偬前行,遍寻古迹,且行且吟,留下了一路诗与画的吉光片羽。当我打开维民同志送来的《丝路寻踪》书稿,读着他一路吟成的诗行,浏览沿途的风光照片,年迈的

我仿佛也随之经历了一次丝路之行的神游。

他们沿着河西走廊到霍尔果斯，途经瓦罕走廊，然后从唐蕃古道返回。此行几乎走遍古丝路的北中南三条主线，在广袤的西部追寻丝路的影踪，在行走中阅读历史文明。他们的丝路考察之旅始于西安，止于天水。这两地之于我，亦是难以忘怀的，一个是生活工作了大半辈子的地方，一个是梦牵魂萦的故里。有缘的是，维民同志对这两个地方也情有所钟，西安已然是他的第二故乡，他在这座城市的省市党政机关供职多年，天水则是他们"桂氏"的郡望所在。更欣慰的是，通过《丝路寻踪》这部书稿，我们得以诗文相会。

我了解到维民同志在工作中一直结合实践进行应急管理的学术研究，笔耕不辍，多有著述；退居二线后，还出任了西北大学中国西部发展研究中心理事长；外出考察时，寄情山水，喜好吟诗填词。遥想当年，汉赋唐诗，大音希声，古都长安当时处处可闻平平仄仄的吟哦声，那该是一种多么令人向往的汉唐气象！作为长安的传人，如能怀有这种"诗言志，歌咏言"的文学情怀是弥足珍贵的。我曾要求我的学生应该学会运用传统样式进行创作。比如讲汉赋，最好自己能作赋；讲诗、词、古文，最好自己能作诗、词、古文。当然不一定古代的每一种文体都会作，都作得好，但至少获得一点创作经验，体会创作甘苦，才能比较深刻地理解文学作品，为讲课和研究打好基础，使研究与创作互相促进，相

得益彰。

　　维民同志收在《丝路寻踪》中的一百二十多首诗词和十五篇随笔，皆为途中所作。他展开形象思维之翼，以白描的手法，缘景纪实，直抒胸臆，一路纵情放歌："大风伴我飞千壑，雪域遥听筑路歌。"（《再过坎路》）他面对丝绸古道上的历史遗存，思古怀今，察古鉴今，进行了一次古为今用的全面观照和审视，体现了一种难能可贵的文化自觉。诚如其所云："凿空丝路两千年。筑梦同行担重任，一往无前！"（《浪淘沙·追忆张骞》）维民同志的旧体诗词，依律合辙，朗朗上口，亦颇具文学美感。

　　我曾在《八十述怀》诗中写道："高歌盛世情犹热，广育英才志愈坚。假我韶光数十载，更将硕果献尧天。"兹录以共勉，愿维民同志不忘传承中国文人所秉持的文化自觉和文学情怀，在今后的研究和写作中多出成果！

丙申仲秋于唐音阁

注　霍松林，1921年9月生，甘肃天水人。著名中国古典文学专家、文艺理论家、诗人、书法家，德高望重，蜚声四海。幼承家学，有"神童"之誉。早年毕业于南京中央大学中文系。1951年赴陕执教至今，现为陕西师范大学文学研究所所长、教授、博士生导师。

目 录

序　　　　　　　　　霍松林

丝路行咏（九十二首）

一	浪淘沙·追忆张骞	/4
二	水调歌头·茂陵怀古	/6
三	麦积烟雨	/8
四	绝壁佛阁	/10
五	马超龙雀	/12
六	武威文庙	/14
七	凉州贤孝	/16
八	甘州湿地	/18
九	峡谷奇观	/20
一〇	长城首墩	/23
一一	破城访古	/24
一二	过锁阳城	/27
一三	谒榆林窟	/28
一四	访玉门关	/30
一五	雅丹地貌	/32

一六 眺汉长城	/35
一七 鸣沙月泉	/36
一八 谒雷音寺	/38
一九 瞻莫高窟	/40
二〇 赞木卡姆	/42
二一 哈密回王	/45
二二 哈密翼龙	/46
二三 现场慰问	/48
二四 古迹探幽	/50
二五 蒲类古国	/52
二六 遥望烽燧	/54
二七 大河唐城	/56
二八 巴里坤湖	/58
二九 农场掠影	/60
三〇 交河故城	/62
三一 人文火洲	/64
三二 观坎儿井	/66
三三 好友欢聚	/69
三四 乌市印象	/71
三五 初访双河	/72

三六 古城遗址	/74
三七 喀仁达斯	/75
三八 赛里木湖	/76
三九 登点将台	/78
四〇 霍城口岸	/80
四一 国境回望	/82
四二 西气东输	/84
四三 惠远古城	/85
四四 伊犁河畔	/88
四五 追忆林公	/90
四六 过那拉提	/92
四七 翻越天山	/94
四八 车行天路	/96
四九 过火焰山	/98
五〇 峡谷奇观	/100
五一 谒千佛洞	/102
五二 关垒遗址	/104
五三 尕哈烽燧	/107

五四	库车大寺	/108
五五	龟兹访古	/110
五六	苏巴什寺	/112
五七	大漠喜雨	/114
五八	雨后丹霞	/115
五九	过白沙湖	/117
六〇	冰山之父	/118
六一	绿荫隧道	/120
六二	访石头城	/122
六三	参访关驿	/124
六四	雪域国门	/126
六五	瓦罕走廊	/129
六六	天界红哨	/130
六七	经古驿站	/132
六八	再过坎路	/134
六九	艾提尕尔	/136
七〇	千年老街	/138
七一	荒漠沙龙	/140
七二	和田夜市	/142
七三	丝路佛迹	/144

七四	尼雅觅古	/146
七五	大漠公路	/148
七六	沙漠胡杨	/150
七七	且末古城	/152
七八	米兰遗址	/154
七九	过阿尔金	/156
八〇	经一里坪	/158
八一	观西台湖	/160
八二	唐蕃遗珍	/162
八三	遥望盐湖	/164
八四	眺青海湖	/166
八五	过原子城	/168
八六	哈达寄情	/170
八七	柳湾彩陶	/171
八八	谒瞿昙寺	/172
八九	陇上名观	/174
九〇	伏羲故里	/176
九一	八声甘州·谒大佛寺	/178
九二	雨霖铃·丝路行	/180

丝路北行（十二首）

一　登镇北台　　　　　/186

二　经贺兰山　　　　　/189

三　驼乡夜色　　　　　/190

四　月下咏菊　　　　　/192

五　黑城遗址　　　　　/194

六　怪树奇影　　　　　/196

七　游居延海　　　　　/198

八　胡杨秋色　　　　　/200

九　策克口岸　　　　　/202

一〇　梦幻峡谷　　　　/204

一一　神光响沙　　　　/207

一二　观波浪谷　　　　/208

南海丝路行（二十四首）

一　万里情缘　　　　　/212

二　万宁出港　　　　　/214

三　深海远航　　　　　/216

四　船上午餐　　　　　/218

五　枕浪记梦　　　　　/221
六　海上彩虹　　　　　/222
七　亲历巡航　　　　　/224
八　立府永兴　　　　　/226
九　三沙升旗　　　　　/228
一〇　最牛路牌　　　　/230
一一　永兴学校　　　　/233
一二　三沙邮局　　　　/234
一三　树岛夕晖　　　　/237
一四　飞舟搏浪　　　　/238
一五　登赵述岛　　　　/240
一六　读《更路簿》　　/243
一七　观照片墙　　　　/244
一八　耕海渔歌　　　　/246
一九　日军炮楼　　　　/248
二〇　南海屏藩　　　　/250
二一　龙头石岛　　　　/252
二二　三沙劳警　　　　/254
二三　南海夜航　　　　/256
二四　步韵友人　　　　/258

丝路随笔（十五则）

- 一 从古丝路的起点出发　　/262
- 二 麦积烟雨从眼前飘过　　/268
- 三 西夏遗存大佛寺　　/273
- 四 寻觅大月氏的足迹　　/277
- 五 酷暑再访莫高窟　　/283
- 六 梦幻山泉寻三宝　　/290
- 七 远眺瓦罕走廊　　/295
- 八 佛教传入中国的通道　　/300
- 九 西域何处是瑶池　　/306
- 一〇 探秘戈壁古城　　/311
- 一一 今夜，我走进德令哈　　/318
- 一二 唐蕃古道上的艺术碎片　　/324
- 一三 揭开吐谷浑历史的钥匙　　/330
- 一四 藏传佛教建筑的先声　　/337
- 一五 "一画开天"昭文明　　/342

丝路行咏

九十二首

2016年7月26日,由西北大学出版社社长马来带队,我们丝路历史文明考察团一行8人,历时24天,驱车25000余里,倥偬前行,重走丝路,遍寻古迹,驻车凭吊,瞻仰品鉴,以麦积山作为出省的第一站,以瞻仰伏羲故里的"一画开天,肇启文明"而收官凯旋,寄寓"慎终追远,不忘初心"之意愿,抒发思古怀今之幽情,聚焦"一带一路"未来愿景之鸿篇。

世界遗产委员会认为,丝绸之路见证了公元前2世纪至公元16世纪期间,亚洲大陆的经济、文化、社会的发展与交流,尤其是游牧与定居文明之间的交流,在长途贸易推动大型城镇和城市发展、水利管理系统支撑交通贸易等方面,是一个出色的范例。丝绸之路于公元前2世纪与公元1世纪间形成,直至16世纪仍保留使用,连接了多种文明,对于贸易交换、宗教信仰与科技知识的传播、科技创新的交流以及文化艺术的实践起到了深远的推动作用。

2006年,在世界遗产中心的推动下,中亚哈萨克斯坦、吉尔吉斯斯坦、塔吉克斯坦、土库曼斯坦、乌兹别克斯坦等国和中国正式提出中国与中亚五国跨国联合将丝绸之路申报为世界遗产,并通过了丝绸之路跨国系列申遗初步行动计划。丝绸之路中国段提出由48处遗产点组成的申遗预备名单，分布在陕西、河南、甘肃、宁夏、青海、新疆等六个省、自治区。丝绸之路：长安-天山廊道的路网（中国，哈萨克斯坦，吉尔吉斯斯坦），这一占地5000千米的路网属于整个丝绸之路的一部分，起于汉唐的两京（长安、洛阳），止于中亚七河地区，包括了各个朝代和可汗王朝时期的古都、宫殿群、贸易居住点、佛教洞穴与寺庙、古道、驿站、关口、烽火台、长城、防御工事、古墓以及宗教建筑。2014年6月22日，卡塔尔多哈召开的联合国教科文组织第38届世界遗产委员会会议上，通过由中哈吉三国联合申报的"丝绸之路：长安-天山廊道的路网"作为世界文化遗产。

沿着"丝绸之路：长安-天山廊道的路网"（中国段），我们从张骞出使西域的起点古都长安出发，在天水寻踪，在雷台步云，在祁连望月，在巴里坤观海，在天山揽雾，在霍尔果斯观星，在那拉提奔驰，在帕米尔遇雪，在昆仑山祀西王母，一路西行，直至红其拉甫口岸和瓦罕走廊。先后穿越了塔克拉玛干大沙漠、世上最长的沙漠公路、寸草不生的阿尔金山及柴达木盆地、青藏高原的唐蕃古道，每每寻幽探胜，收获颇多。笔者在一路西行中，且行且吟，以诗词随记所见所闻所感所思，谨以求教于读者，愿丝路文明代代永传！

一 浪淘沙
追忆张骞

秦岭万重山,

蜀道艰难。

当年城固有张骞。

出使远驱平险隘,

策马挥鞭。

百折志弥坚,

疆拓西边,

凿空丝路两千年。

筑梦同行担重任,

一往无前!

> 汉武帝建元二年（前139），武帝欲联合大月氏共击匈奴，募城固人张骞出使。张骞率百余人从都城长安出发，出陇西（今甘肃临洮），向西至河西时被匈奴人俘获，拘留了10余年。张骞逃脱后继续持故节西行抵达大月氏，由于大月氏在中亚阿姆河流域农耕定居已久，不愿与匈奴为敌。张骞停留了一年多才返回，归途中，张骞走南山（今甘肃祁连山）及羌中（泛指今甘肃临洮以西羌族居住地）一路，但仍被匈奴俘获，被拘留了一年多。元朔三年（前126），匈奴内乱，张骞乘机逃出返回长安，给西汉王朝带回了关于西域的最新消息。张骞对开辟从中国通往西域的丝绸之路贡献卓越，史学家司马迁将他的西域之行，称为"凿空"。

二 水调歌头 茂陵怀古

烟雨埋冠剑，

八水绕长安。

依邻泾渭，

云涌群壑望中原。

一代英雄武略，

马踏匈奴震撼，

汉武越千年。

华夏拓西域，

青史又开元。

五陵苑，

松柏立，

入苍天。

江山如画，

鉴古资治溯源泉。

遍览群雕碑碣，

更有琳池异宝，

远瞩且凭栏。

薪火相传递，

丝路启新篇。

注 茂陵是汉武帝刘彻的陵墓，位于陕西省咸阳兴平市，是汉代帝王陵墓中规模最大、修造时间最长、陪葬品最丰富的一座，被誉为"中国的金字塔"，为第一批全国重点文物保护单位。茂陵于建元二年（前139年）至后元二年（前87年）间建成，历时53年。陪葬墓有李夫人、卫青、霍去病、霍光、金日䃅等人的墓葬。咸阳原地处关中腹地、泾渭之交，是西汉皇陵的主要集结地。西汉王朝200多年，历经11位皇帝，建陵11座，有9座位于咸阳原上，其中最为显贵的有五陵，即高祖长陵、惠帝安陵、景帝阳陵、武帝茂陵和昭帝平陵。这五陵当时均建有陵邑管理，故有"五陵原"之称。

三 麦积烟雨

麦积孤峰独立崖，

万千石窟着袈裟。

流云烟霭归鸦隐，

天净红尘雨洗葩。

> 注 麦积山风景名胜区位于甘肃省天水市城市建成区内，地处西秦岭北支东端。因其山形酷似农家麦垛之状而得名，是国家5A级旅游景区，以"丝绸之路：长安－天山廊道的路网"被列入《世界遗产名录》。"麦积烟雨"作为秦州八景之首，山峦叠翠，群峰耸峙，深林茂草，溪流交错，飞瀑如练，北跨清渭，南携嘉陵，被誉为"西北山水林泉之冠"，尤其是烟雨笼罩、云岚飞渡之际，犹如海市蜃楼，形成美丽的景观。

四 绝壁佛阁

梵音千载绕云间，

凿壁雕成佛窟环。

莲座凌空悬栈道，

解忧弥勒尽慈颜。

注 麦积山石窟位于甘肃天水麦积乡南群山中。始凿于后秦，兴盛于北魏、西魏、北周。处于高20—80米、宽200米的垂直崖面上，存有窟龛194个（其中东崖54个，西崖140个），造像7200余尊，壁画1300平方米。造像以石胎泥塑为主，有圆塑、浮塑、影塑等，被誉为"东方雕塑馆"。造像布局以三世佛、释迦多宝佛、七佛、千佛、薄肉塑飞天为主。窟形多平顶方形，汉式崖阁建筑得到充分发展，以北周秦州大都督李允信为其亡父造七佛阁（第四窟）最为典型。1961年公布为全国重点文物保护单位。当年的麦积山"有龛皆是佛、无壁不飞天"。由于多雨潮湿，壁画大多剥落，但仍保留有北朝时期的西方净土变、涅槃变、地狱变及睒子本生、萨埵那太子舍身饲虎等本生故事，壁画中描绘的城池、殿宇、车骑和衣冠服饰多具汉文化特色，折射出古代社会的现实生活。

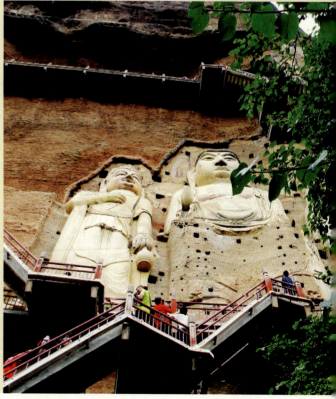

五 马超龙雀

雷台汉墓树遮晖,

奔马云驰踏雀飞。

铁骑铜车腾跃处,

西行丝路望君归。

注 武威市雷台汉墓是全国重点文物保护单位。雷台为河西道教圣地,因明代在高约10米的土台上建有雷祖观而得名,是古代祭祀雷神的地方。1969年当地农民在雷台老槐树下发现一处东汉晚期的大型砖石墓葬,出土了铸造精致的铜车马武士仪仗俑99件。尤为著名的是"马踏飞燕"(亦称"马超龙雀"),如今成为中国旅游的标志图案。铜奔马高34.5厘米,长45厘米,重7.15公斤。它体型矫健,昂头嘶鸣,其势若飞,三足腾空,右后蹄踏着一飞鸟,造型别具匠心,展现出腾云凌雾、一跃千里的动感美。

六 武威文庙

国槐侧柏敬先贤，

魏窟唐铭一脉延。

桂籍殿前寻旧迹，

夏碑汉简记流年。

注 武威文庙位于武威市区东南隅，是目前西北地区建筑规模最大、保存最完整的孔庙，属全国三大孔庙之一，是全国重点文物保护单位。始建于明正统四年（1439年），历经扩建，规模庞大，被誉为"陇右学宫之冠"。文庙坐北向南，原由东中西三组建筑物构成：东是以桂籍殿为中心的文昌宫，中为文庙，西属凉州府儒学宫。庙内存有西夏碑和汉简，是历代文人墨客祭祀孔子之地。

七 凉州贤孝

凉州贤孝古民谣，

一曲悲欢动九霄。

遗韵回音弦管起，

悠悠乡恋涌如潮。

注 凉州贤孝是汉族的一种古老说唱艺术。它广泛流行于甘肃武威城乡及其毗邻的古浪、永昌等地，深受当地群众喜爱。多数学者认为，它产生并形成于清朝。老艺人们口传心授，师徒相承，并不是依靠文字来记载传播的。"凉州贤孝"这一曲艺形式经国务院批准，被列入第一批国家级非物质文化遗产名录。

八 甘州湿地

水色满城流晚霞，

黑河西海望蒹葭。

星辉熠熠瑶池近，

漫步栈桥惊暮鸦。

注 张掖市甘州区湿地面积达2.6万亩，主体位于城区北郊，是离城市最近的湿地公园。张掖地处河西走廊中部，位于黑河冲积扇形成的三角洲之上，一城山光，半城塔影，连片苇溪，遍地古刹，长期以来流传着许多民谚俗语："甘州不干水池塘""半城芦苇半城庙（塔）""四面芦苇三面水""水六庙三一居处"等，故有"塞上江南金张掖"之称。

九 峡谷奇观

水溶风蚀绘丹霞,

壁立危崖尽力爬。

险峡横穿幽谷道,

蜿蜒赤岭夕阳斜。

注 张掖平山湖大峡谷,是大自然亿万年风雨沧桑的神奇造化,以其鬼斧神工将五彩斑斓的山体镌刻成一幅幅无与伦比、摄人心魄的山水画卷。这里峡谷幽深、峰林奇幽,从大峡谷底下的云梯往上攀登,须四肢并用,惊险无比。

一〇 长城首墩

万里长城第一墩,

祁连戈壁守晨昏。

梦回大漠烽烟起,

纵马开疆度玉门。

注 明代万里长城第一墩,是嘉峪关西长城最南端的一座墩台,北距关城7.5千米,1539年由肃州兵备道李涵监筑而成。墩台矗立于讨赖河岸边60多米高的悬崖之上,西面是茫茫无际的沙漠,北面紧靠关城,南面是起伏的祁连雪山。万里长城遗存墩台无数,因它与山海关渤海之滨的"老龙头"遥相呼应,以"龙"的首尾连接起万里长城而著称。

一 破城访古

流沙土堡古城墙，

苦峪残垣赤柳乡。

日照破城温旧史，

风尘一路入蛮荒。

注 破城子遗址位于甘肃省酒泉市瓜州县踏实乡破城子村，是全国重点文物保护单位。它与苦峪城相隔不远，南北长约 250 米，东西约 147.7 米，总面积 36261 平方米。城内散见灰陶片、红陶片、花砖，房屋建筑遗迹及灰层堆积，据考证，该城为汉代广至县治所，唐代为常乐县治所，前后相沿历史近千年。

一二 过锁阳城

瓜州车过锁阳城,

遗址今逢暂闭营。

大漠雅丹风正疾,

高台薄暮鼓声声。

注 锁阳城遗址位于瓜州县锁阳城镇,亦称瓜州古城、苦峪城,城内留存有大量土台、房屋及其他建筑物遗迹,是集古城址、古墓葬、古垦区等为一体的古文化遗存地。锁阳城在汉代是敦煌郡冥安县治所,西晋为晋昌县,隋为常乐县,唐为瓜州郡。按结构可分为内外两城:外城面积80万平方米,内城面积28万平方米。这里的古代军事防御系统和烽燧信息传递系统是我国保存最为完好的典型范本,以"丝绸之路:长安-天山廊道的路网"被列入《世界遗产名录》。

一三 谒榆林窟

幽深峡谷夕晖斜,

万佛洞天归暮鸦。

两岸崖岩皆净土,

观音执柳坐莲花。

注 榆林窟位于甘肃省瓜州县(原安西县)城西南约70千米的踏实河两岸,因河岸榆树成林而得名,是全国重点文物保护单位。它是敦煌石窟的组成部分,俗称万佛峡,在内容、艺术风格、绘画形式等方面与莫高窟一脉相承,二者为姊妹窟。榆林窟现存唐、五代、宋、西夏、元等朝代洞窟43个,分布在榆林河东西两岸的悬崖峭壁上,东崖32个、西崖11个、壁画4200平方米,彩塑259身。由于自然和人为的原因,榆林窟的彩塑原作已所剩无几,现存彩塑多为后代重修或重塑。

一四 访玉门关

塞外雄关探玉门,

车行戈壁卷沙尘。

遥看烽燧长城在,

商贾往来怀故人。

> 玉门关遗址位于甘肃省敦煌市城西北 80 千米的戈壁滩上,一名小方盘城,是长城西端的重要关口。相传著名的"和田玉"经此输入中原,因而得名。现存的城垣完整,总体呈方形,东西长 24 米,南北宽 26.4 米,残垣高 9.7 米,面积 633 平方米,全以黄胶土筑成,西墙、北墙各开一门,城北坡下有东西大车道。它是古代丝绸之路北路必经的关隘,成为历史上中原和西域诸国通商往来及邮驿之路,因而以"丝绸之路:长安-天山廊道的路网"遗址之一被列入《世界遗产名录》。

一五 雅丹地貌

沙海横穿觅雅丹，

沧桑亿载遂成滩。

连绵黑漠惊魔影，

如塔似船皆怪峦。

注 敦煌雅丹位于新疆、甘肃交界处，距玉门关西北80余千米处。东西长约15千米，南北宽约2千米，与青色的戈壁滩形成了强烈的对比。这里作为典型的雅丹地貌群落，布局有序，土质坚硬，造型奇特，呈浅红色，在蓝天白云的映衬下格外引人注目，是地质变迁、风雕沙割的结果。据说，入夜风声森森，夜行转而不出，故当地人们俗称雅丹为"魔鬼城"。

一六 眺汉长城

风蚀岩台关隘巍，

凭河天险作门扉。

高低起伏蜿蜒去，

犹见雄师壮士归。

注 汉长城始建于汉武帝元狩二年（前121年），止于太初四年（前101年）。西起今敦煌市西端的湾窑墩，沿疏勒河经后坑子、玉门关、大月牙湖，穿玉门市北石河沿岸，进金塔后延绵不断。内侧高峻处，燧、墩、堡、城连属相望，所谓"五里一燧、十里一墩、卅里一堡、百里一城"，为古丝绸之路的畅通提供了安全保障。建造时因地制宜，就地取材，起沙土夯墙，并夹杂红柳、胡杨、芦苇和罗布麻等物，以粘接固络，坚固异常。

一七 鸣沙月泉

鸣沙山下驼铃隐，

夕照丘峦半似鳞。

泉涌月牙鱼戏水，

胡杨古柳绿如茵。

注 鸣沙山和月牙泉，位于甘肃省敦煌市城南5千米，以"山泉共处，沙水共生"的奇妙景观著称于世，被誉为"塞外风光之一绝"，1994年被定为国家重点风景名胜区。这里除了胡杨、古柳，还有被称为"月牙泉三宝"的五色沙、七星草、铁背鱼。

一八 谒雷音寺

雷震音稀超万形，

大光明殿谒高僧。

千年名刹诚弘法，

西晋前秦一脉承。

注 雷音寺原名解脱庵，亦名观音堂，位于古丝绸之路重镇的敦煌市南鸣沙山下，月牙泉边。从晋到宋代，是西域大德弘扬佛法驻锡云游之处，更是中原高僧从陆路西行求法的必经之地。竺法护、法显、鸠摩罗什、玄奘等大德高僧都曾在这里留下了踪迹。寺院现占地300亩，山门、天王殿、大光明殿、陈列馆等设施均经改造、维修和扩建，重现了唐式佛教寺院风格，已成为敦煌最重要的汉传佛教宗教活动场所。2013年，雷音寺被评为国家3A级旅游景区。

一九 瞻莫高窟

敦煌览胜瞻千佛，

壁画造像彩塑多。

丝路飞天迎盛会，

花开九月宕泉河。

注 莫高窟，俗称千佛洞，坐落在河西走廊西端的敦煌。它始建于十六国的前秦时期，又历经北朝、隋、唐、五代、西夏、元等朝代的兴建，形成了巨大的规模，有洞窟735个，壁画4.5万平方米、泥质彩塑2415尊，是世界上现存规模最大、内容最丰富的佛教艺术宝库。1987年，莫高窟被列为世界文化遗产。2016年9月20日至21日，由甘肃省人民政府、文化部、国家新闻出版广电总局、国家旅游局、中国贸促会共同主办的首届丝绸之路（敦煌）国际文化博览会在敦煌隆重举行。

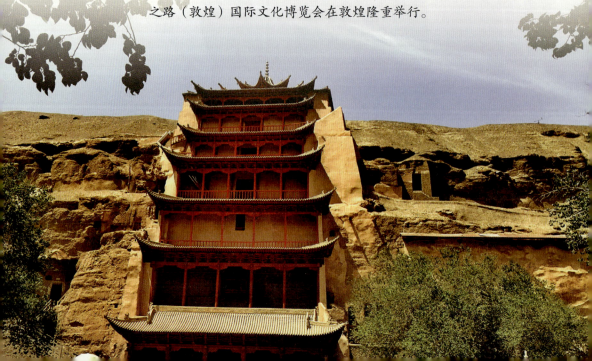

二〇 赞木卡姆

说唱弦奏舞乐欢，

古典艺术续新篇。

非遗瑰宝标青史，

维汉一家佳话传。

注 木卡姆为阿拉伯语，意为规范、聚会等意，曾深受波斯-阿拉伯音乐文化的影响；在现代维吾尔语中，"木卡姆"的主要意思为古典音乐。木卡姆是源于西域的土著民族文化遗产，被称为维吾尔民族历史和社会生活的百科全书，是中华民族多元文化的组成部分；它运用音乐、文学、舞蹈、戏剧等各种语言和艺术形式表现了维吾尔族人民绚丽多彩的生活，被联合国教科文组织宣布为第三批"人类口头和非物质遗产代表作"。新疆维吾尔木卡姆艺术是集歌、舞、乐于一体的大型综合艺术形式，主要分布在南疆、北疆、东疆各维吾尔族聚居区，木卡姆艺术在其文化空间的发展历程中形成了最具代表性的十二木卡姆、吐鲁番木卡姆、哈密木卡姆、刀郎木卡姆等流派。在哈密我们参观了十二木卡姆博物馆。

二一 哈密回王

天山南麓寻王府，

哈密史篇千古雄。

平叛守疆传九世，

绵延丝路建奇功。

注 哈密回王是"哈密札萨克和硕亲王"的通称，为清代哈密地方维吾尔族的封建领主，自康熙三十六年（1697年）额贝都拉受封起，至民国十九年（1930年）末代回王沙木胡索特逝世止，共传9世，长达233年，是清代以来新疆维吾尔族封建王公中维持统治时间最长的一个。哈密回王从一世到七世，始终都是和分裂分子不停地进行着斗争，这奠定了回王与中央政府甘苦与共的血肉关系，在新疆及哈密历史上产生了很大的影响。

二二 哈密翼龙

远古海天凭纵横,

翼龙称霸一时雄。

巧将化石还原形,

久历沧桑举世惊。

注 天山哈密翼龙的成年个体翼展可达3.5米。翼龙并不是恐龙,由于飞行的需要,翼龙的骨骼纤细且中空,化石很难保存下来。2014年我国科学家在新疆哈密地区距今约1.2亿—1.3亿年前早白垩世的地层中,发现大量极为罕见的翼龙化石,这是世界上已知最大最富集的翼龙化石集中产地,其中发现5枚呈三维立体状保存的翼龙蛋和雌雄个体共生的翼龙化石遗址。这一重要的发现,被国内外翼龙研究专家认为是200年来最令人激动的发现之一。

二三 现场慰问

天山考古越沙滩，

齐赞师生不畏难。

发掘遗存频出土，

劬劳数月现奇观。

注 西北大学丝绸之路文化遗产与考古学研究中心王建新老师带领的考古团队，在东天山地区进行了长达十几年的考古工作。2016年8月1日，我们在考察途中专程到红山口看望慰问了正在石人子沟发掘古游牧聚落墓葬群遗址的师生，并踏勘了月氏王庭遗址。

二四 古迹探幽

山下探幽巴里坤，

千年天路有邻村。

祭台墓葬多群落，

遗址何寻古道痕。

注 石人子沟遗址群作为全国重点文物保护单位，是迄今发现的东天山地区规模最大的古代游牧民族聚落遗址之一，距今有3300—2800年的历史，面积达96平方千米。现已发现居住遗址1000多座、墓葬2000多座、刻石岩画5000多块。2005年以来，西北大学丝绸之路文化遗产与考古学研究中心与新疆考古研究所合作，进行了考古调查、发掘和研究，取得了丰硕成果，被国家文物局评选为2007年全国十大考古新发现之一。

二五 蒲类古国

冒顿弯弓战不休,

张骞出使困沙洲。

班超饮马留青史,

代有英豪古国幽。

> 注 蒲类古国,位于今新疆天山东部巴里坤湖畔。汉破姑师后,置车师前后国、蒲类前后国等。东汉时仅存蒲类前国。以后为鲜卑、突厥属地,蒲类后国曾属姑师。冒顿(前234年—前174年),姓挛鞮氏,于公元前209年(秦二世元年),杀父头曼单于而自立。他率匈奴突袭东胡、西攻月氏,征服了楼兰、乌孙、呼揭等20余国,控制了西域大部分地区。汉建元二年(前139年),武帝欲联合大月氏共击匈奴,张骞应募任使者,首度出西域。汉明帝初年,北匈奴一再胁迫西域各国出兵,屡掠东汉的河西等地。永平十六年(公元73年),明帝派遣班超出使西域,镇抚西域各国,西域与汉断绝65年的交往关系从此恢复。

二六 遥望烽燧

千里狼烟策马行，
汉军一路尽哀兵。
犹闻战鼓悲歌壮，
烽火当年勇者赢。

注 烽燧是古代的报警系统，外与长城并存，组成一个完整的军事防御体系。"昼则燔燧，夜乃举烽"：烽用于夜间放火报警，燧用于白昼施烟报警。岑参诗云："寒驿远如点，边烽互相望。"进入河西走廊，烽燧遍布天山南北，几乎每隔2—3千米就有一座遗址，它们与丝绸之路中道和北道走向一致，起到了护卫丝路畅通的重要作用。烽燧形状基本相同，基座成正方形，燧体为向上收缩的棱柱形，均为夯土建筑，夯土中夹有红柳枝，并多用圆木构架而成，蔚为壮观。

全国重点文物保护单位

三十里墩烽火台

中华人民共和国国务院2013年5月3日公布

新疆维吾尔自治区人民政府2015年9月10日立

二七 大河唐城

残垣难掩古辉煌，

千载梦萦回大唐。

血雨横戈平叛乱，

戍兵屯垦守边防。

> 注　大河唐城位于巴里坤大河镇东头渠村东部，著名的大河就发源于东边的地下泉水，故被称为大河唐城或大河古城，是国家级文物保护单位。古城呈长方形，中部有一道较宽的城墙将古城分为东西两个小城，分别为主城和附城。古城全长357米，主城南北长210米，东西宽180米，是哈密地区保存最完好、规模最大的一处唐代古城遗址。这里地势平坦，一马平川，土地肥沃，水源丰富，极宜农耕。据史书记载，唐王朝平定高昌叛乱之后，加大了对西域的统治力度，在西域设置了西州和北庭都护府，并效仿汉代在此实行兵屯制度。据《唐六典》卷七记载，唐朝在西域屯田，每50顷为1屯。安西都护府有20屯，疏勒有7屯，焉耆有7屯，北庭都护府有20屯，伊吾军有1屯，天山军有1屯，共56屯。

二八 巴里坤湖

远眺雪原湖水蓝，

莺歌燕舞百花艳。

天山一脉生灵气，

夏日清风扑人面。

注 巴里坤湖，古称蒲类海，位于新疆巴里坤县西北18千米处。这个高原湖泊，由四周自然泉水汇流注入而成，海拔1585米，东西宽约12千米，南北长约20千米，湖水面积112.15平方千米，有储量丰富的芒硝矿和盐田。湖的四周山峦起伏，水草丰美，湖中碧波荡漾，独具"迷离蜃市罩山峦"的奇观。

二九 农场掠影

阡陌田间一碗泉，

雾萦山麓漫云天。

营房鳞次连团在，

遥见铁牛追夕烟。

注 一碗泉位于新疆建设兵团六师奇台农场，沿路依然可见到连、团的番号和过去居住的平房。20世纪50年代初，中央政府一声令下，解放军驻疆10.5万官兵集体就地转业，组建了新疆军区生产建设兵团，开始了半个多世纪屯垦戍边的艰苦创业生涯。三代兵团人历尽艰辛，使沙漠变良田，戈壁建新城，瀚海通大道……今天，兵团人又在续写新的篇章。

三〇 交河故城

车师古国两千年,

生土筑城邻一川。

衙署塔群连市井,

安西繁盛逝如烟。

注 交河故城作为国家重点文物保护单位,以"丝绸之路:长安—天山廊道的路网"遗址之一被列入《世界遗产名录》。它是我国保存两千多年的最完整的都市遗迹,也是世界上保存最完好的最古老的最大的生土建筑城市。安西都护府作为唐西域最高军政机构,当年就设在交河故城。14世纪蒙古贵族海都等叛军经过多年的残酷战争,先后攻破高昌,交河。同时,蒙古统治者还强迫当地居民放弃传统的佛教信仰改信伊斯兰教。精神与物质的双重打击下,交河终于走完了它生命的历程。

三一 人文火洲

民族相融和百世，

姑师汉脉有传人。

馆藏珍品皆精美，

五大文明集一身。

注 吐鲁番亦称火洲，生活在吐鲁番地区的姑师人即车师人。这里早在汉代已成为华夏统辖的疆土。丝绸之路开辟后，希腊－罗马、华夏、印度、波斯－阿拉伯、欧亚草原游牧等五大文明交汇于斯，积淀形成了吐鲁番的宝贵文化遗产。

三二 观坎儿井

天山竖井传千年,

荒漠沙洲引碧泉。

远溯高车承血脉,

边疆万里水涓涓。

注 坎儿井,新疆维吾尔语则称之为"坎儿孜"。它和万里长城、京杭大运河并称为中国古代三大工程。早在《史记》中就有记载,时称"井渠"。坎儿井作为荒漠地区的一种特殊灌溉系统,遍及新疆吐鲁番地区,这里的坎儿井共1100多条,全长约5000千米。北朝人曾把漠北一部分游牧部落泛称为"高车人",是因其"车轮高大,辐数至多"而得名。古代西域高车人是维吾尔族人的祖先,他们坐着高车,一代代追寻、创造并共享着幸福生活。

三三 好友欢聚

归途水阻尽泥丸，

咫尺隔山行路难。

关外同窗翘首盼，

夜深邀月举杯欢。

注 为了与多年未见的好友欢聚，我们放弃了一些古迹的考察，匆忙赶路。不料道路被水冲毁而限行，车行泥道，咫尺天涯，直到晚上11点半才返回。深夜举杯邀月，畅叙昔日之情，共祝国泰民安。

三四 乌市印象

大疆西域耀天山，

丝路雄风遍汉关。

征马轮台同戍卫，

盛唐商旅望乡还。

注　乌鲁木齐位于天山山脉中段北麓、准噶尔盆地南缘，地处亚欧大陆中心。"乌鲁木齐"源于古准噶尔语，意为"优美的牧场"。它作为是古丝绸之路新北道上的重镇，是东西方经济文化的交汇点、中原与西域经济文化的融合处。战国时这里属古车师人的活动范围；西汉时这里分布着10余个游牧部落，史称"十三国之地"，西域都护府曾派兵屯田；东汉时成为东师六国的一部分；三国时车师后国在今乌鲁木齐南郊建淤赖城，是为历史第一城；唐朝在天山北麓设置庭州，辖四县，并建轮台城，设立北庭都护府；清朝乾隆年间，平定准格尔叛乱，筑土驻军，鼓励屯田，将乌鲁木齐命名为"迪化"，至光绪十年，新疆设置行省，以迪化为省会。

三五 初访双河

肆囤城居相间错,

汉唐丝路展辉煌。

清时西进东归去,

山抱双河似海棠。

注 双河市又名博乐市,古称博尔塔拉,地处丝路新北道的要冲,是西域各民族南来北往、西迁东进的必经之路。历朝的遗存印证了这个丝路重镇的千年历史:唐宋时已鼎盛一时;元代时商贸繁荣依旧,"城居肆囤间错";到了清代,察哈尔蒙古族西迁戍边,土尔扈特蒙古族则为摆脱沙俄的压迫,行程万里而东归祖国。

三六 古城遗址

残垣荒草几多春，

千载遗踪觅故屯。

唐代古城青得里，

无情风尘掩迹痕。

注 青得里古城遗址位于博乐市青得里乡阿里翁白新村西南隅，据考证，始建于唐朝，为当年著名的双河都督府所在地。古城略呈长方形，东西长385米，南北宽280米，北部有城墙遗迹，南临博尔塔拉河，北部尚可见一段长8米、高1米左右的残垣断壁，疑为城墙，为土夯筑，夯层厚10—12厘米。民国期间，曾有人在此取水移土，挖掘金银，此后屡遭人为破坏。现遗址内沟壑、坑穴尚存，但原有布局已不可辨，古城东部和西部则难觅城垣。

三七 喀仁达斯

赛里木湖景阔弘,

汉哈兄弟亲友朋。

千杯不醉同歌舞,

策马驱驰共远征。

注 在博乐城我们与哈萨克族的兄弟虽初次交往,因是同行,一见如故,席间交谈甚欢,以哈萨克语称亲如兄弟为"喀仁达斯"。

三八 赛里木湖

远山雪岭傲苍穹，

日映湖光气势雄。

起伏逶迤八荒绿，

净海胜境与天通。

注 赛里木湖古称"净海"，位于中国新疆博尔塔拉蒙古自治州博乐市境内的北天山山脉中，紧邻伊犁哈萨克自治州霍城县。这个风光秀丽的高山湖泊，湖面海拔2071.9米，东西长30千米，南北宽25千米，面积453平方千米，平均水深46.4米，最深处达106米，蓄水量达210亿立方米。由于丝绸之路北道经过赛里木湖，因此湖区文化底蕴丰厚，遗存有岩画、乌孙国古墓群、寺庙遗址、敖包（鄂博）、碑刻、古代驿站遗址等。

三九 登点将台

大汗点将欲西征，

饮马赛湖拥重兵。

穿越伊犁鼙鼓急，

沙飞雪舞送前营。

注 1219年，漠北蒙古族首领成吉思汗率20万大军西征，翻越阿尔泰山，经和布克赛尔、额敏，直到今哈萨克斯坦共和国境内的阿拉库里湖，然后南下，穿过阿拉套山口到达不剌城（即今博乐城），并开辟果子沟通道，饮马色特库尔湖（即今赛里木湖），筑台点将，检阅蒙古骑兵，然后从松树头翻越天山，西征伊犁，又占领整个中亚，直达欧洲。

四〇 霍城口岸

丝路西行出国门,

横穿口岸两乾坤。

万千气象桥头堡,

异域客商留履痕。

> 注　霍尔果斯口岸是位于新疆伊犁的一个陆路口岸,与哈萨克斯坦隔霍尔果斯河相望。精伊霍铁路、连霍高速公路、312国道和中国-中亚天然气管道都终结于此。霍尔果斯口岸直接面对的地区正是中亚的人口稠密区、经济发展带、市场中心,从哈萨克斯坦的阿拉木图到吉尔吉斯的比什凯克,再到乌兹别克的塔什干,这一线最大覆盖半径有1000千米左右。这为我国通过霍尔果斯向西开放并实施"一带一路"战略,打下了坚实的基础。

四一 国境回望

霍河南北贯西边,

远眺安疆梦百年。

山海相连如咫尺,

长风万里共婵娟。

注 霍尔果斯口岸的历史十分悠久,远在隋唐时,便是古代丝绸之路新北道上的重要驿站。自1881年中俄签订《中俄改定陆路通商章程》,这里成为中俄正式通商的口岸。新中国成立前后,霍尔果斯口岸以其优越的地理位置,成为中苏贸易最大的西部陆路口岸。1962年,中苏关系恶化后口岸停止了进出口贸易。1983年,随着改革开放的热潮,沉寂了近20年的霍尔果斯口岸又恢复了生机,特别是上世纪末以来,这里成为中国与哈萨克斯坦等中亚国家开展经济文化交流的国际大通道。在实施"一带一路"战略的背景下,近年来通过霍尔果斯口岸进出口商品的种类和数量急剧递增,年出入境人数和过货量也逐年增加。

四二 西气东输

西气东输一脉通,

纵横千里越苍穹。

远从中亚连京沪,

跨国能源互惠功。

注 中亚－中国天然气西气东输工程,延绵数千千米。产于中亚腹地的土库曼斯坦的天然气,沿着具有2000多年历史的丝绸之路,自西向东送到中国的珠三角和京沪等地。根据平等互利、共同发展的原则,中国石油集团公司分别与供气的土库曼斯坦以及途径的乌兹别克斯坦、哈萨克斯坦按照对等股权成立合资企业,实施对天然气开采、管道建设的运营和管理。

四三 惠远古城

军府边防辖北南,

古城遗迹待查探。

百年戍守安西域,

漫说春秋史可谙。

注 伊犁的惠远城,在清朝中期是新疆首府,后为天山以北的边防重镇。乾隆在伊犁设军府制,"伊犁将军"以北、南、东三路统辖全疆,兴教化民,屯垦戍边,置办百业,发展外贸。晚清时,惠远城被回民起义军攻破,继遭沙俄军队入侵,毁于兵燹,后在城北重建。因中俄不平等条约,西北大片国土丧失,军政中心被迫东移,首府迁到了迪化(今乌鲁木齐)。

四四 伊犁河畔

听涛桥畔浪淘沙,

水汇三河映日华。

奔涌穿荆西去远,

昔年疆界域无涯。

注 伊犁河是跨越中国和哈萨克斯坦的国际河流。据《西域同文志》称："准语伊犁即伊勒，光明显达之谓。"伊犁河的主源特克斯河发源于天山汗腾格里峰北侧，向东流经中国新疆的昭苏盆地和特克斯谷地，又向北穿越伊什格力克山，与右岸支流巩乃斯河汇合后称伊犁河，西流至霍尔果斯河进入哈萨克斯坦境内，流经峡谷、沙漠地区，注入中亚的巴尔喀什湖。从河源至入湖口，全长1236千米，流域面积15.1万平方千米，现中国境内河长442千米，流域面积5.6平方千米。伊犁河流域，原属中国疆域，先秦为塞种游牧地，汉为乌孙地，受辖于西域都护府。中国史书对伊犁河记述甚早，《汉书·陈汤传》作伊列水；《唐书·突厥传》作伊丽水；《元史》及耶律楚材《西游录》均作亦剌河，元时曾为察合台汗封地。

四五 追忆林公

虎门销毒贬伊州,

苦旅英雄草木秋。

国有忠臣山水在,

东归扶病为谁忧?

注 林则徐是清代著名政治家、思想家和诗人,官至一品,曾任湖广总督、陕甘总督和云贵总督,两次受命钦差大臣。他历经乾隆、嘉庆、道光、咸丰四朝,因其主张严禁鸦片并在虎门销烟而获罪免职。1850年10月,66岁的他遭贬后复出,作为钦差大臣抱病去广西平乱,病逝于途中。

四六 过那拉提

翠岭蜿蜒草甸斜,

路边鸢尾向阳花。

姑娘戏逐毡房外,

几簇山杨立水洼。

注 那拉提草原又名巩乃斯草原,突厥语中意为"白阳坡",地处新源那拉提镇东部,距伊犁新源县城约110千米,位于那拉提山北坡,是在第三纪古洪积层上发育而成的中山地草原。优美的草原风光与当地的哈萨克民俗风情融为一体,成为新疆著名的旅游观光度假区。

四七 翻越天山

雾岚笼罩望山巅,

飞越群峰万丈渊。

沟壑纵横岩壁绿,

雄鹰奋翼搏云天。

注 天山是世界七大山系之一,呈东西走向,横跨中国、哈萨克斯坦、吉尔吉斯斯坦和乌兹别克斯坦四国,全长2500千米,南北宽250—350千米,最宽处达800千米以上。在中国境内1700千米,占地57万多平方千米,占新疆全区面积约1/3。我们从伊犁盆地南北缘的天山西段翻越高山,前往库车,驱车于盘山公路,平均海拔在3000—5000米,沿路云烟氤氲,群峰林立,沟壑纵横。

四八 车行天路

山势嶙峋紫雾凝，

崩岩悬石绝飞鹰。

车行天路凌云越，

险峡池龙欲跃腾。

注 沿着217国道行进到山顶，寒风凛冽，砂石漫卷，山崖壁立，陡峰险峻，沟壑纵横。过九曲十八弯绕到半山腰，在距离库车还有100多千米的天山深处，有两个高山湖泊，俗称为大、小龙池，景色十分秀丽。著名的天山公路像一条黑色的巨蟒，沿着龙池蜿蜒伸向天山深处的铁力买提达坂，海拔达3700米。据说越过这条公路隧道，再前行约70千米，就可以进入牛羊成群、水草丰盛的巴音布鲁克草原了。

四九 过火焰山

日翻万嶂越千峦，

火焰山峰曲径盘。

石壁兀然霞色美，

再行前路过沙滩。

注 库车大峡谷的火焰山地貌，是因沉淀物中的亚铁逐渐转化为红色氧化铁，岩层也逐渐变成红色基调为主。这是发育于褶皱构造的中新生代陆相杂色碎屑岩，在干旱气候条件下，以季节性洪水侵蚀为主，其次加上风蚀作用，形成了峰林、峭壁、深谷、陡坡等独特地貌。

五〇 峡谷奇观

地火亿年惊变迁，

库车山幔矗红巅。

谷幽峡险奇峰立，

落日余晖映满天。

注 天山神秘大峡谷位于天山南麓、库车县以北，国道217线（独库公路）1025千米处，海拔1600米，最高峰达2048米。峡谷由巨大的红褐色山体组成，呈南北走向，全长3700米，最宽处53米，最窄处0.4米，仅容一人侧身通过。经亿万年风剥雨蚀、山洪冲刷而成，融神秘、奇雄、古幽为一体，是我国罕见的旱地自然景观。

五一 谒千佛洞

石窟千年佛教昌，

经由丝路始传疆。

龟兹凿窟虽残损，

唯礼释迦传世长。

注 千佛洞亦称克孜尔石窟，作为丝路上重要的世界文化遗产之一，是公元4世纪龟兹国时开凿的大型佛窟，衰落于公元九世纪。佛教在此兴盛了1000多年，直到公元十三四世纪为伊斯兰教所取代。千佛洞主要表现的是小乘佛说"唯礼释迦"的思想，是我国现已知的最早的大型佛教石窟，而且在世界范围也具有突出价值。

五二 关垒遗址

长城汉垒且环山，

沟壑纵横御敌关。

数问妇孺皆不晓，

雅丹残壁险难攀。

注 关垒遗址位于库车县西北217国道伊西哈拉镇道拉提巴格村的一条盐水沟旁，海拔1241米。关垒建于汉代，南依群山，北临沟壑，为当时通道上设的关卡，扼南北交通之要冲，是丝路古道上长城防御体系的重要组成部分。遗址分布在东西长约1.5千米的范围内，由4座砖筑墩台和1处居址组成，最南边的一座保存比较好，东西长约7米，南北宽约11米，残高5米，砂砾土筑成，外敷草泥，四周及顶部为片石垒砌。多数地方被风蚀坍塌的砂砾掩埋，已不见关垒的痕迹。

五三 尕哈烽燧

夯台垒土古时雄，

犹见狼烟入碧穹。

大漠雅丹沙蔽日，

安西烽燧气如虹。

注 克孜尔尕哈烽燧，是维吾尔语"红色哨卡"的意思，烽燧雄伟挺拔，始建于汉宣帝时。作为古代军情报警的一种设施，尕哈烽燧是新疆境内历史最早、保存最完整、规模最大的古代烽燧，为我国境内唯一被公布为全国重点文物保护单位的单体烽燧，并被列为丝路中国段世界文化遗产之一。

五四 库车大寺

库车大寺塔巍然，

俯视人间数百年。

信士诵经修礼拜，

法庭惩戒有沙鞭。

注 库车大寺坐落在新疆库车县城黑墩巴扎最高处，距库车新城4千米，是新疆境内仅次于喀什艾提尕寺的第二大清真寺，为全国重点文物保护单位。伊斯兰教在库车传播后，约于15世纪营建此宗教建筑，初为土建寺院，17世纪改作木结构寺院，1923年重修后遇大火焚毁。现存寺院为1931年建成，在上世纪80年代曾作局部修缮。清真寺之北有一处声威显赫的"宗教法庭"，它是政教合一的产物，也是新疆保留为数不多的伊斯兰教司法机构遗址。

五五 龟兹访古

龟兹尘封汉唐事，
古国蛛丝觅旧址。
廊道有痕连重镇，
关河秋月诵禅诗。

注 库车是维吾尔语"十字路口"的意思，古称龟兹，古代西域的大国之一，是丝路上承东启西的重镇，位于新疆三大城市群中间。古龟兹国的经济、文化和社会建设十分发达，在地下留有丰富的遗存，揭示了龟兹与周边地区的关系。唐宋以后古龟兹国日渐衰落。今天，这里有3处遗存被联合国教科文组织列为丝绸之路：长安-天山廊道的路网 22 个世界文化遗产之中。

五六 苏巴什寺

天山南麓库车河，

塔宇庄严佛殿多。

洞窟遗存千载史，

碎图残帛绘莲荷。

> 苏巴什佛寺遗址位于库车县城偏东23千米的确尔达格山南麓。东西二寺分布于铜厂河东西两岸，隔河对望。东寺依山而筑，寺垣已毁，寺内有房舍和塔庙遗迹，全系土坯建造，墙壁高者达10余米，有重楼；西寺中依断岩处有一小围墙，呈方形，周长约318米，亦为土坯筑，残高10米以上。遗址上有数处高塔，气势宏伟。北面有佛洞一排，洞壁上刻有龟兹文字和佛教人物像。它是西域地区历史最悠久、至今保存最完整、规模最大的佛教古建筑遗迹，反映了古龟兹国作为丝路上佛教传播中心的历史，是长安－天山廊道的路网世界文化遗产之一。

五七 大漠喜雨

西行苦热逢天旱，

日炙黄沙绕紫烟。

忽聚乌云风卷地，

雨来漫道涌如泉。

注 夏日骄阳烤得干旱的大漠腾起紫烟，酷热难当。忽然间乌云蔽日，风卷黄沙，下起了倾盆大雨。路边的沙窝变成了一个个水洼，涌到路上的积水被雨点打出无数水泡，车子缓缓驶过后，卷起的水雾洗净了一路尘埃。

五八 雨后丹霞

雨狂风疾洗沙尘,

日照赤山无际垠。

云伴我飞穿万壑,

如挥水墨更氤氲。

注 一场狂风暴雨消去了酷暑,使空气清新了许多。千山万壑在雨后夕阳照耀下,像一幅层次分明的水墨画,远眺赤壁纵横,令人遐思涌动,随云飞翔。

五九 过白沙湖

车经雪域白沙湖，

山水飞云入画图。

排浪层层光影美，

高天风过有如无。

注 喀克拉克湖又称白沙湖，是一个44平方千米的高原平湖，位于新疆喀什的帕米尔高原。白沙湖岸边，是大面积高山丘陵和连绵起伏的沙山，10余座山冈组成的白沙山蜿蜒10余千米。沙山上银白色的细沙犹如洁白柔和的白绸，在白沙湖畔绿草的映衬下分外妩媚。

六〇 冰山之父

连绵雪岭挂冰川，
西域奇观扑眼前。
近眺慕峰烟霭绕，
漫天云舞自蹁跹。

注 慕士塔格峰地处塔里木盆地西部边缘，东帕米尔高原东南部，位于新疆阿克陶县与塔什库尔干塔吉克自治县交界处，海拔7509米。它与公格尔峰、公格尔九别峰三山耸立，如同擎天玉柱，屹立在美丽的帕米尔高原上。山峰状似馒头，形体浑圆，常年积雪，雪线海拔约5200米。冰山地貌发育成10余条冰川，其中最大的栖力冰川和克麻土勒冰川，将山体横切为两半，冰川末端海拔达4300米，山顶冰层厚100—200米，素有"冰川之父"之称。

六一 绿荫隧道

沙柳偕行起绿烟，

婆娑轻拂舞娇妍。

长廊丝路驱车过，

穿越葱茏待凯旋。

注 在喀什通往塔城的一段公路上，两边长满了树木。道路上方枝叶交错，形成了连绵不断的绿荫隧道，汽车穿越其中，如梦如幻。

六二 访石头城

黄昏山色尽嵯峨,

夕照暮烟萦石陀。

汉塞清营丝路月,

戍边葱岭大唐歌。

> 注 塔什库尔干石头城遗址地处帕米尔高原东部、喀喇昆仑山北部,作为新疆古道上的一个著名古城遗址,和辽宁石城、南京石城合称为我国著名的"三大石城"。石头城位于塔什库尔干塔吉克自治县城北侧,这里一直是商旅进入南亚、西亚贸易的隘口,也是古代丝绸之路发展兴衰的历史见证。初建于汉代,曾是"蒲犁国"的王城,在东汉时发生过著名的疏勒城保卫战;唐朝统一西域后,这里设有葱岭守捉所,毁于唐代晚期;元朝初期大兴土木扩建城郭,石头城旧貌换新颜;清光绪年间,朝廷在此建立蒲犁厅,对旧城堡进行了维修和增补。

六三 参访关驿

古凭驿站美名扬，

今有海关花吐芳。

访问群英寻史迹，

塔城欢聚话沧桑。

> 注 世界上海拔最高的红其拉甫海关和成立不久的卡拉苏海关蜚声中外。在他们的工作生活基地塔城，我们受到两位关长的热情接待，参观了红其拉甫海关的荣誉室等，对几代海关人在"死亡之谷"艰苦奋斗的精神深为感动，并与他们共话"一带一路"的美好前景。

六四 雪域国门

禁区雪域敢屯营,

迁址几番来塔城。

丝路走廊天近处,

中巴古道蕴新声。

注 红其拉甫口岸位于喀什地区塔什库尔干塔吉克自治县境内,海拔5000多米,同巴基斯坦毗邻,北距塔什库尔干县城125千米,是国家批准对外开放的一类口岸,也是通往南亚次大陆乃至欧洲的重要门户。1986年5月1日正式向第三国人员开放。

六五 瓦罕走廊

法显西行大乘睿，

唐朝三藏取经归。

高僧过处林无兽，

瓦罕走廊碑映晖。

注 瓦罕走廊又称阿富汗走廊，是位于帕米尔高原的南端和兴都库什山脉北部的一个狭长的山谷，整个走廊东西长约300千米，南北最窄处仅15千米，最宽处约75千米。中阿两国在狭长的瓦罕走廊东端相毗邻，边界线只有92千米。历史上，瓦罕走廊曾属中国管辖。19世纪末，由于沙俄的侵略扩张，中俄两国曾在包括瓦罕走廊在内的整个帕米尔高原发生争端。作为古丝路的重要组成部分，这里曾是华夏文明与印度文明交流的重要通道。西域佛经汉译创始人安息高，东晋高僧法显和大唐高僧玄奘，先后为弘扬佛法经过这里。

六六 天界红哨

雪飞七月访雄关，

红哨天涯第一班。

礼赠诗书诚致敬，

男儿戍守在寒山。

注 红其拉甫风光壮美，但氧气含量不到平原的50%，常年风力在七八级以上，最低气温达零下40多摄氏度，在波斯语中被称为"死亡之谷"。驻守在昆仑山脉5100米海拔的红其拉甫边防哨卡虽是"生命禁区"，但有一批共和国的卫士终年守护在此，被国务院和中央军委授予"模范边防检查站"的荣誉称号。在飞雪扑面的初秋，我们走访看望了边防站的钢铁战士，并向他们赠送了书法作品和诗词集。

六七 经古驿站

云漫昆仑涌雪莲,

傍河古驿在车前。

文明不息传薪火,

首使东归仅二贤。

注 古驿站位于新疆塔城地区裕民县县城西南 90 千米,中国与哈萨克斯坦边境处,与哈国阿拉湖遥遥相望。据考证,此地为距今 2000 年左右的古商道驿站,与南疆丝绸之路的驿站非常相似,从中可以领略到古代商贸的繁荣景象。张骞曾从这里出使西域,从武帝建元二年(前 139 年)出发,至元朔三年(前 126 年)归汉,共历 13 年。出发时是 100 多人,回来时仅剩下张骞和堂邑父二人。

六八 再过坎路

越水穿桥过陡坡，

车行泥道尽蹉跎。

大风伴我飞千壑，

雪域遥听筑路歌。

注 在中巴经济走廊，有一段从喀什到塔城的公路正在修筑中，近百千米的路途上到处是筑路机械和砂石、夯土，过往的车辆在临时便道上爬陡坡，越险滩，过泥坎，尘土飞扬，颠簸不已，历尽坎坷。

六九 艾提尕尔

黄墙三塔萦镰月，

青翠白杨凌碧霄。

古寺雕门明始建，

时逢礼拜众来朝。

注 艾提尕尔是全国规模最大的喀什大清真寺，始建于1442年，是具有浓郁民族特色和宗教色彩的伊斯兰教古建筑群，在伊斯兰宗教界具有很大的影响。每逢穆斯林的盛大节日，在寺门上方的大平台上，羊皮鼓、唢呐等乐声响彻云霄，云集在艾提尕尔广场的数万信众跳起了"撒满"群舞，盛况空前。

七〇 千年老街

城北旧为疏勒宫，

街区廊舍古遗风。

一承喀喇汗王脉，

毛眼姑娘帅老翁。

注 喀什城北的高崖上保存着一处具有浓郁伊斯兰风情的老街区——千年古街吾斯塘博依，在维吾尔语里就是河边的意思。这里曾是2000多年前古疏勒国的国都所在地，现今居住着1200多年前喀喇汗王的王亲贵族后代。在街的终端有一个号称喀什最大最深的涝坝，引来高山雪水的纳吐曼河源源不断地注入吾斯塘博依涝坝。迷宫式的街区上，除了灰黄的古朴民居，还有纯正的维吾尔族餐饮店、手工艺铺。千百年来，这条古老的街道上，人丁兴旺，商业发达，素有"手工艺品一条街"之称。

七一 荒漠沙龙

驱车大漠走天涯，

忽起狂风卷穴洼。

蔽日乌云山混沌，

盘龙直上舞黄沙。

注 行进在荒漠戈壁的公路上，大漠苍茫，一望无际，在烈日炙烤下，不时可以清晰地看到一股股龙卷风，卷着黄沙直上云霄。它的出现和消散都十分突然，透过飞驶的车窗，只能看着它时远时近地舞动着、聚散着。

七二 和田夜市

边城夜市客摩肩，

美食飘香水果鲜。

维汉人家多喜色，

繁星闪烁乐无眠。

> 注 夜幕降临，和田市的夜市便热闹了起来，烤全羊、烤鹅蛋、面肺子、羊肉串、酸奶粽子等各种诱人的小吃和瓜果应有尽有，以维吾尔族商户为主的夜市一条街上，挤满了前来享受美食的人们。夜市的营业时间最晚的往往直到凌晨三四点。

七三 丝路佛迹

南行策勒绿婆娑，

达玛沟中佛寺多。

珍品沙埋千百载，

观音壁画伴莲荷。

注 达玛沟佛寺遗址位于策勒县达玛沟，两汉时期为扜弥国，被于阗吞并后成了于阗东边的重镇，是于阗国东边最大的绿洲、最重要的交通枢纽和军事重镇。达玛沟作为古代西域佛教寺院最兴盛的地区之一，有大量的佛教遗迹。已发掘的3个唐代佛寺遗址，出土了未曾遭到破坏的壁画残块、彩绘佛像、回廊像殿等文物，其精美举世罕见，震惊中外。如1号佛寺出土的千手千眼观音壁画残片，其面相饱满，造型特点与隋唐时期的观音像十分相似。其身前有一枝荷花，分出两朵，一朵含苞欲放，另一朵绽开的莲蓬上坐有化佛。

七四 尼雅觅古

途经大漠秘闻多,

难觅古城尼雅河。

东土佛传丝路驿,

遗存瑰宝出沙窝。

注 尼雅遗址位于塔克拉玛干沙漠南缘的丝绸之路南道上,是现存规模最大的聚落遗址群之一,被考古界称为"东方庞贝"。约公元前2世纪至公元5世纪时,这里曾是《汉书·西域传》记载的"精绝国"故地。1959年至今,此地发现有房屋、场院、墓地、佛塔、佛寺、田地、果园、畜圈、河渠、陶窑、冶炼等遗址遗迹,现存各类遗址有数百处以上。出土的有木器、铜器、铁器、陶器、石器、毛织品、钱币、木简等遗物,从汉晋古墓中发现的"五星出东方利中国"锦绣举世闻名。特殊的沙漠埋藏环境,使尼雅遗址保存状况良好,而昔日尼雅的下游早已被黄沙掩埋。

«شەرقتىن كۆرىنە بەش ئەختەر، جۇڭگۇغا ناپ پىتەر» دېگەن خەنزۇچە خەت كەشلەنگەن كەمخاپ بايلىك

"五星出东方利中国"锦

Brocade armlet with inscription "Five stars rising from the east, it benefits to China"

七五 大漠公路

流沙丘堡路通天,

方格苇丛能固田。

纵贯长衢千万里,

胡杨遥望绿如烟。

注 塔里木沙漠公路是目前在流动沙漠上修建的全世界最长的公路。北起314国道轮台县东,经轮南油田、塔里木河、肖塘、塔中4个油田和塔克拉玛干大沙漠,南至民丰县恰汗和315国道相连。公路南北贯穿塔里木盆地,全长522千米,其中穿越流动沙漠段长达446千米。

七六 沙漠胡杨

大漠茫茫飞鸟迴，

胡杨生死互依偎。

置身未尽风尘处，

根扎沙丘不可摧。

> 注　新疆建设兵团农二师三十六团，位于阿尔金山北麓、罗布泊南岸、塔克拉玛干沙漠边缘，总面积565平方千米，可耕地23万亩。在这里，除了现已开垦的5.3万耕亩是一片绿洲，其他地方都是一望无际的大沙漠。行走在大漠公路上，唯有一簇簇胡杨树，生而不死1000年，死而不倒1000年，倒而不朽1000年。3000年的胡杨矗立在上亿年的大漠之上，是自古以来屯田戍边的将士们不屈精神的象征。

七七　且末古城

千载黄尘掩古城，

唐时人去已无声。

至今犹见残垣在，

没足细沙魂魄惊。

注　且末古城位于且末县城西南约6千米的老车尔臣河岸台地上，海拔1273米，遗址地表无植被，已严重沙化。且末古城作为西域三十六古国之一，曾是丝路上珠宝和货币交易地，史上有3万多楼兰人逃避战乱到且末，后来连同古城神秘失踪了。据玄奘在《大唐西域记》中记载，公元644年途经且末，已是人去楼空。且末古城如同楼兰、尼雅古城一样，成为世人渴求探险和神往之地。千百年来且末古城如一座幽灵城一般，在漫漫黄沙中神出鬼没，时隐时现，成为至今无法破解的历史谜团。

七八 米兰遗址

屯田戍堡汉唐风,

西域伊循万古雄。

丝路之南遗址在,

大河远去润葱笼。

注 米兰古城遗址是一组不同年代的跨文化遗址群,其中有鄯善国伊循城遗址、汉代屯田、唐代古戍堡遗址等,现确定的遗址保护面积46.7平方千米。作为塔克拉玛干沙漠南面的一个古代绿洲城市,坐落于罗布泊与阿尔金山脉的交会处,曾是丝绸之路南道上的一个贸易中心、出入中亚的重要通道。商队为避免横越大荒漠,常从米兰南北两边绕行。古时米兰还是当时中央王朝经营西域的重要根据地。据史书记载,汉昭帝元凤四年,汉王朝应鄯善王尉屠耆的请求,曾派遣1位司马率吏士40人,屯田于伊循。米兰的灌溉渠道在遗址区内,由1条总干渠、7条支渠和许多斗渠、毛渠所组成,呈扇形由南北展开,灌溉范围东西约6千米,南北约5千米。

七九 过阿尔金

峰如刀劈道惊魂，

万壑千沟剑斧痕。

山脉苍茫无翠色，

云追丝路望朝暾。

注 阿尔金山位于新疆若羌县境内，近似于东西走向，与祁连山和昆仑山两大山系相连，东西长约730千米，南北宽60—100千米，面积约为4.5万平方千米。阿尔金山地被隆起的地壳变化切割破碎，山脉东西两端高，主峰区沿山脊线分布着近30座海拔5000—5800米以上的山峰，山的两侧发育着31条现代冰川，是我国最大的一个高山自然保护区。在祁连和昆仑两山之间的当金山口，是柴达木盆地与河西走廊之间的交通要道，有公路通过。

八〇 经一里坪

盐碱沟中地履霜，

不生寸草漠风狂。

云随丝路秋思近，

追梦行吟向远方。

注 一里坪盐湖位于柴达木盆地中部，盐滩面积360平方千米，海拔2683米，盐滩表面被现代风积砂所覆盖，地势平坦，高差一般不超过0.5米，故有"一里平"之称。察（卡）芒（崖）公路穿过湖区。它属于干盐湖类型，是以富锂为特色并伴生硼、钾、镁、溴、碘的盐湖自然资源。

八一 观西台湖

远岸相观近碧天，

掠波水鸟正盘旋。

影从云逸身边过，

湖际驰车若驶船。

注 西台湖即位于青海柴达木盆地的西台吉乃尔湖，面积达126平方千米，为第四系洪积、冲积、风积、湖相碎屑沉积和盐类化学沉积，属于硫酸镁钠型盐湖。它距离东台吉乃尔湖35千米，两湖原同属一湖泊，后因湖泊退缩而分离成独立湖泊。

八二　唐蕃遗珍

吐蕃古道有遗珍，

大墓妖楼出锦纶。

织品缂丝真技艺，

中西合璧太阳神。

注 海西蒙古族藏族自治州曾是吐谷浑王国的政治经济文化中心，是丝绸之路唐蕃古道上的重要驿站，这里发现了1500多年前的上千座古墓，1996年发掘的血渭一号大墓，被称为"九层妖楼"，出土了数量大、品种多、制作精美的丝绸织品，其中太阳神织锦尤为珍贵，生动反映了东西方文化交融的艺术风格。

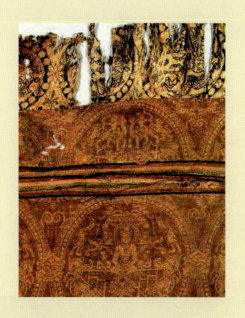

八三 遥望盐湖

遍野烟熅送暮鸦，

路经茶卡镜湖洼。

遥观似雪如丘壑，

不尽青盐进万家。

> 注 "茶卡"在藏语里就是盐池，茶卡盐湖位于海西乌兰县的祁连山和昆仑山两个支脉之间，是古丝路的驿站之一。因湖呈椭圆形，被誉为"天空之镜"。茶卡盐湖曾经是一个外流湖，向东流入共和盆地，注入黄河。10—13万年前左右，发生了构造隆起，使它变成了内陆湖，形成了这个含盐量极高的盐湖。湖水属卤水型，底部有石盐层，一般厚5米，最厚处达9.68米，是柴达木盆地四大盐湖中开采最早的。

八四 眺青海湖

山远秋高牧草肥，

蓝天落日映余晖。

行车更向湖光近，

且伴闲云已忘归。

注 青海湖又名"措温布"，藏语意为"青色的海"，位于青海省西北部的青海湖盆地内，既是中国最大的内陆湖泊，也是中国最大的咸水湖。由祁连山的大通山、日月山与青海南山之间的断层陷落形成。它地处高原，在七八月份日平均气温也只有15摄氏度左右。环湖千亩油菜花竞相绽放，碧波万顷的湛蓝外围，散布着金灿灿的亮黄，高山牧场的野花五彩缤纷，如绸似锦，数不尽的牛羊膘肥体壮，点缀其间。

八五 过原子城

夕照秋霞落草滩，

观城心醉泛波澜。

核工情系年华梦，

两弹蘑云破夜寒。

注 海北原子城地处青海省海晏县的金银滩，对外称国营二二一厂，始建于1958年，总面积570平方千米，是我国第一个核武器研制基地，第一颗原子弹、第一颗氢弹均在此诞生。厂区分为甲区和乙区，乙区主要为生活区，位于现在的海晏县城；甲区在金银滩，有18个县级单位，简称"十八甲区"，属于基地的政治、文化、科研、生产中心。根据国家战略部署的调整，1987年6月该厂撤销，1995年5月15日正式退役，经国务院批准更名为西海镇，现为青海省海北州州府所在地。此刻，我站在由张爱萍将军亲笔题写的"中国第一个核武器研制基地"纪念碑前，抚摸着由锈蚀钢铸成的反映原子城历史的主题雕塑《聚》，浮想联翩，感慨万千。这个螺旋式上升的圆柱形钢雕，不仅是核聚变结构的写照，更寓有集纳聚合全国人民力量共同谱写宏伟诗篇之意。我作为曾在核工业系统工作了14年的其中一员，忘不了我们厂初创时为把"两弹一艇"搞上去边基建边生产的艰苦创业情景，忘不了核工业前辈们"事业高于一切，责任重于一切，严细融入一切，进取成就一切"的精神，忘不了当年我们车间为打造"稳妥可靠、万无一失"的质保体系而奋力攻关的日日夜夜……每当回忆起那段激情燃烧的岁月，不禁浮想联翩、心潮澎湃，深为自己曾为核工业发展尽了一份微薄之力而倍感自豪！

八六 哈达寄情

来访夏都丝路行，

同窗相叙各飘萍。

寄情哈达传心意，

北望长天瞩远星。

注 这次丝路西行考察，从南线返程途中路经西宁（别称夏都），与藏族同学相聚，他以藏族礼仪把洁白的哈达赠与我们一行，并高诵"扎西德勒"以表达对我们丝路之行的祝贺及美好祝愿。

八七 柳湾彩陶

追溯江河到古村，

柳湾散见彩陶痕。

先民聚落文明史，

窑火传薪远有根。

> 注 柳湾墓地属于新石器时代的古人类墓葬群。在青海省海东市乐都区高庙镇东面两千米处的柳湾村北面，有一处东西走向的旱台，氏族墓地就在这里，距今约有4600多年。这里本是西部一个平静的小山村，只因出土大量的彩陶而引起世人的关注。1979年至今，在约12万平方米的台地上发掘了1730座墓葬，出土各类陶器17262件，体现了"江河源头"彩陶文化类型最丰富、范围最集中、数量最大、延续时间最长等特点。

八八 谒瞿昙寺

名刹人称小故宫，

藏传佛教独尊隆。

先声开启明朝始，

云鼓灵泉伴寺中。

> 注　瞿昙寺是位于青海河湟谷地的明代藏传佛教名寺，为全国重点文物保护单位。寺院面山倚水，呈现汉地佛寺"伽蓝七堂"的格局，从罗汉山流下的泉水，经寺院内的抄手斜廊汩汩而下。明王朝时扶持藏传佛教以统治藏区，由太祖朱元璋赐名，经三罗喇嘛在洪武二十五年（1392年）创建，又经永乐、洪熙、宣德各朝钦派太监及匠师扩建，成为清代北京和承德等地兴建藏传佛教寺院的先声。

八九 陇上名观

道家名观傍清泉，

辫柏古槐围殿前。

天界烟霞山水绕，

冲虚无象自成仙。

注 玉泉观位于天水秦州城北，依天靖山南麓而建，占地41500平方米，始建于元大德三年（1299年）。现存建筑为明清时重建。初建时称城北寺、崇宁寺、卦山寺。山上有一泓玉泉，碧水滢滢，甘冽清凉，元代秦州教谕梁公弼在建寺时吟得"卦山寺北郊，名山有玉泉"之佳句，"玉泉观"因而得名。在玉泉以西不远处，有玉泉观梁真人手植之"辫柏"，根茎屈曲，犹如姑娘头上紧结的辫子，故称"辫柏"。古树专家认为，辫柏之奇妙当数华夏第一。

九〇 伏羲故里

开天一画肇文明，

万象同归大业成。

道启鸿蒙为始祖，

慎终追远礼初萌。

注 人文始祖伏羲根据天地万物的变化，创造了八卦，成为中国古文字的发端，从而结束了"结绳记事"的历史，他还创立了中华民族"龙"的图腾，从此有了一代代龙的传人。伏羲千百年来一直被尊称为"三皇之首""百王之先"，受到了中华儿女的共同敬仰。伏羲文化博大精深，是中国史前文化和中华民族优秀传统文化的源头。天水作为伏羲的诞生地和伏羲文化的发祥地，吸引了国内外无数专家学者前来考察研究，也吸引了大批海内外炎黄子孙前来旅游观光，寻根祭祖。

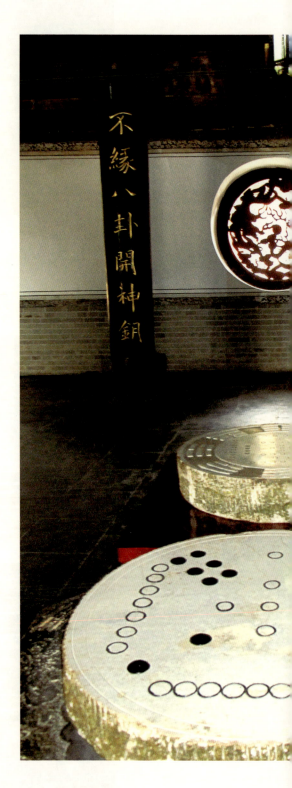

九一 八声甘州
谒大佛寺

绕梁飞燕去去来来，
伴大佛酣眠。
似睡而非睡，
终难久寐，
醒目遥观。
横贯丝绸古道，
西望尽蜿蜒。
多少古今事，
思绪翩跹！

《北藏》庄严卷帙，
永乐南北曲，
慈渡尘寰。
诵真经了悟，
佛法更无边。
庇苍生、民安国泰，
待百年、盛世梦重圆。
祈天地、风和日丽，
福佑人间！

注 张掖大佛寺始建于西夏永安元年（1098 年），原名迦叶如来寺，明永乐九年（1411 年）敕名宝觉寺，清康熙十七年（1678 年）敕改宏仁寺，1996 年被列为第四批全国重点文物保护单位。大佛殿里供奉着释迦牟尼涅槃卧像，又被称为"睡佛寺"。这是全国最大的西夏佛教殿堂，也是国内现存最大的室内卧佛像。大佛殿后的万圣殿，青瓦覆面，琉璃瓦饰边。殿内的甘州佛教艺术品陈列展，正展出大佛寺遗存的碑刻、佛造像和卧佛腹内和地宫出土的法器密宝等珍贵佛教文物。今至甘州拜谒大佛寺，试以此地所创"八声甘州"词牌，填是阕记之。

九二 雨霖铃
丝路行

千秋图卷,

出行秦岭,

麦积飞燕。

祁连雨润张掖,

雄师铁马,

开疆无限。

探秘遗存古迹,

惜台垒人散。

日落处,

犹见丹霞,

壑涧藏幽色深浅。

同瞻佛窟高崖畔,

紫阳宫,

又谒清真院。

长风与我为伴,

丝路忆,

数沧桑变。

望断天涯,

关驿边城,

哨卡寻遍。

二万里,

纵目山河,

大漠驼铃远!

> 注 我们丝路历史文明考察团,循着古丝路的足迹,昼行夜伏,驱车西行,走进荒漠戈壁,去探寻湮没在历史烟尘中的一座座古城、一个个古烽燧、一所所古驿站的遗址……古丝绸之路曾把古代中国与世界连接起来,传播了中华文明,吸纳了世界文明,推动了当时世界贸易和世界文化的发展。打造丝绸之路经济带,是新时代的新使命。我们这次西行考察,对古丝绸之路的内涵有了深刻的体悟,更期盼"一带一路"的愿景尽快变成现实,让丝路文明薪火相传!

丝绸之路示意图

丝绸之路新疆段南、中、北三路示意图

丝路北行

SILU BEI XING

十二首

丙申重阳,我们专程到黄帝陵祭拜人文始祖。继而驱车北上,沿着丝路北道,来到内蒙古最西端地处北疆沙漠中的额济纳旗。这里不仅有著名的航天城、胡杨林、策克口岸,而且与古丝绸之路有着非常密切的关系。这里曾属乌孙,后为大月氏领地,西汉初年是匈奴牧地。当地土尔扈特蒙古语中至今还称其为"亦集乃",意为"先祖之地",国外一些历史研究专家亦称其为匈奴最早的首都。早先有黑水河流经这里,形成内陆湖,名曰"居延海"。汉朝时,骠骑将军霍去病驱逐匈奴后曾屯田驻兵于此,置居延都尉府,后改立西海郡。唐代设安北都护府和宁寇军。而黑水城作为西夏古都,在历史上占有非同寻常的地位,是丝绸之路上迄今保存最完整的一座古城。这次7天的秋游考察行程8000余里,在访古寻幽的途中吟得绝句12首,以纪此行。

一　登镇北台

孤雁残阳镇北台，

高原荒漠塞边开。

狼烟几处灰飞灭，

万骑征袍逐梦来。

> 镇北台，位于榆林市城北4千米之红山顶上，是全国重点文物保护单位，被列入世界文化遗产。秦灭六国后，在榆林地区设置郡县，修筑长城，镇北台长城即为其中一段。镇北台，为明万历三十五年（1607年）四月至次年七月，延绥镇巡抚涂宗浚在红山之顶修筑成明长城上最大的军事瞭望台，迄今已有400多年的历史。它是明代古长城沿线现存最大的要塞遗址之一，规模宏大，气势磅礴，素有"万里长城第一台"之称，是长城三大奇观（东有山海关、中有镇北台、西有嘉峪关）之一。镇北台呈方形，共4层，高30余米。台基北长82米，南长76米，东西各长64米，占地面积5056平方米。镇北台据险临下，控南北之咽喉，如巨锁扼守边关要隘，成为长城的重要组成部分。

二 经贺兰山

嶙峋山脉望无边,

关隘逶迤近碧天。

纵目长城烽燧在,

寄情丝路忆当年。

注 贺兰山位于宁夏回族自治区与内蒙古自治区交界处,接近于南北走向的山脉,绵延200多千米,宽约30多千米,是中国西北地区的重要地理界线。其山势雄伟,如群马奔腾,主峰也称贺兰山,海拔3556米。东北侧山体巍峨壮观,峰峦重叠,崖谷险峻,俯瞰黄河河套和鄂尔多斯高原,西南段山势缓坦,没入阿拉善高原。山上的山谷很多,有著名的贺兰口、苏峪口、三关口、拜寺口,自古以来就是丝绸之路的要道,也是兵家必争之地,远远望去,一些地方仍可以看到长城和烽燧的遗存。

三 驼乡夜色

千里秋风岭下寒，

万家灯火已阑珊。

楼台城阙雄关月，

铁骑戍边曾踞盘。

注 巴彦浩特，原名定远营，也叫定远城，蒙语意为"富饶的城"。它东临贺兰山洪积扇，西靠腾格里沙漠边缘，被称为中国的"骆驼之乡"。定远城为清康熙七年（1668 年）划设阿拉善额鲁特旗时所建，乾隆二十五年（1760 年）仿照北京故宫格式重修王爷府，楼台城阙雄伟壮观，故有"塞外小北京"之誉。现为阿拉善左旗所辖镇，为盟行署和旗政府驻地。

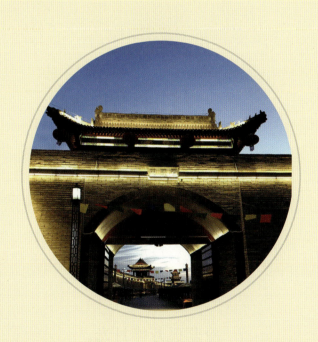

四　月下咏菊

秋夜寒凝万里霜,

无边衰草渐枯黄。

风中独立疏篱畔,

冷蕊孤芳伴月光。

注　深秋季节来到贺兰山西边的巴彦浩特镇,漫步在街头,秋夜皓月当空,寒风中的草木已经枯黄,唯有篱边的簇簇菊花,在月光下散发着淡淡的幽香,三分俏,七分傲,还多了几分闲愁。

五 黑城遗址

古塔巍然如覆钵，

戍防要塞两千年。

流沙涡漩成奇景，

层叠丘峦笼夕烟。

注 黑城遗址位于内蒙古额济纳旗达来呼布镇南偏东方向约22千米处，是古丝绸之路北线上现存最完整、规模最宏大的一座古城遗址。大汉将军霍去病19岁时大破匈奴后，汉朝曾在居延屯兵戍边，创造了居延地区灿烂的汉文明。黑城蒙古语为哈日浩特，意即"黑城"。该城建于公元九世纪的西夏政权时期，现存城墙为元代扩筑而成，最高达10米；平面为长方形，东西434米，南北384米，周围约1600米；东西两面开设城门，并加筑有瓮城；城墙西北角上保存有高约13米的覆钵式塔一座；城内的官署、府第、仓敖、佛寺、民居和街道遗迹仍依稀可辨；城外西南角有伊斯兰教拱北（指盛行于阿拉伯的一种圆房顶的建筑）一座，巍然耸立地表。黑城在1372年被明朝大将冯胜攻破后遭废弃，至今城内还埋藏着丰富的西夏和元代等朝代的珍贵文书。近年来，由于周边地区沙化严重，流沙从东、西、北三面侵蚀黑城，许多遗址已被埋于沙下。

六 怪树奇影

虬枝不死迎风立，

伏地昂扬舞者魂。

随影赋形多变幻，

精灵千载傲乾坤。

注 怪树林位于达来呼布镇东南20千米处的荒漠中，这里曾是一片茂密的胡杨林，由于河水改道后水源断绝，造成树木大面积枯死。胡杨具有耐腐特性，大片枯死的树干依然直立在戈壁荒漠之上，形成形态怪异的悲壮景观。这片奇形怪状的枯树林仿佛在向世人诉说着对生命之水的强烈渴望，体现了它们与恶劣自然环境顽强抗争的不屈精神。相传，当年黑城有一个守将，叫哈拉巴特尔（即黑将军），此人英勇善战，威名远扬。后来，有大兵进犯攻城，黑将军带领士卒冲出城外，一路拼杀，最后战死在离城西不远的怪树林中。这里枯死的胡杨遍野，呈现出古老的原始风貌，据说，冥冥之中的枯树依附着黑将军及众将士不死的灵魂，呈现出肃杀悲壮的氛围。

七 游居延海

大漠平湖旭日圆，

寻仙海上到居延。

紫驼红柳胡杨树，

鸥鹭蒹葭万里天。

注 居延海位于内蒙古自治区阿拉善盟额济纳旗北部，形如狭长弯曲的新月。"居延"是匈奴语译音，《水经注》中将其译为弱水流沙，在汉代时曾称其为居延泽，魏晋时称之为西海，唐代起称之为居延海。传说老子出关前留下五百字的《道德经》后得道成仙，化身入海，不见踪迹。在许许多多的传说中，就有老子在居延海成仙的说法，故后人称这个地方是"流沙仙踪"。如今湖面上碧波荡漾，湖畔芦苇丛生，湖中鱼翔浅底，天鹅、大雁、白鹤、水鸭等常来此栖息。

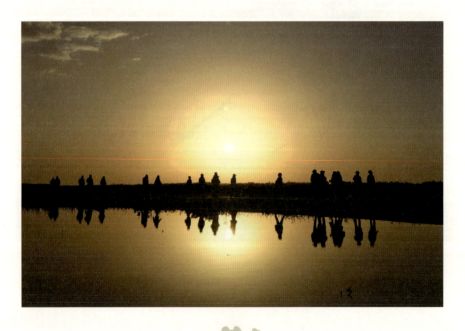

八 胡杨秋色

前生今世三千年，

缘结沙丘志毅然。

弱水泱泱桥八道，

奇观梦幻亦缠绵。

注 额济纳河两岸，分布着中国最为壮观的胡杨林。总面积为5636公顷，集沙漠、戈壁、草原、湖泊、胡杨林于一体，拥有神奇的自然景观和独特的人文景观，堪称大漠中的一颗绿色明珠。胡杨树挺拔高大，古朴苍劲，被视为植物的活化石，系国家二级保护树种。素有"生而不死一千年，死而不倒一千年，倒而不朽一千年"之美誉。深秋季节，茂密的胡杨林宛若仙境，胡杨树叶变成了一片金黄，树影婆娑，色彩斑斓，形成赏心悦目的"胡杨秋色"。漫步在弱水河畔的八道桥景区，触目可见千奇百怪、神态各异的胡杨，粗壮的数人难以合抱，挺拔的有七八丈之高，怪异的似苍龙腾越、虬蟠狂舞，令人叹为观止。

九 策克口岸

顾盼中蒙守国门，

边关高塔伴晨昏。

梦回昔日丝绸路，

再启新程赴远村。

注 策克口岸，位于内蒙古额济纳旗境内，距额济纳旗府达来呼布镇77千米，东距巴盟甘其毛道口岸800千米，西距新疆老爷庙口岸1200千米，与蒙古国南戈壁省西伯库伦口岸对望。作为内蒙古第三大口岸，对外辐射蒙古国南戈壁、巴音洪格尔、戈壁阿尔泰、前杭盖、后杭盖等5个畜产品、矿产品资源较为富集的省区。它是阿拉善盟对外开放的唯一国际通道，也是内蒙古、陕、甘、宁、青五省区所共有的陆路口岸。

一〇 梦幻峡谷

阴山千仞斗奇崖，

峡谷幽深日影斜。

造化神工如泼彩，

危崖叠石醉丹霞。

> 注　梦幻大峡谷，位于阿拉善左旗敖伦布拉格镇境内的阴山之中，融雅丹地貌与丹霞地貌于一体，记录了百万年来地质的演化过程及地貌的变迁，在风力与地质的相互作用下，形成了这里以沙漠戈壁为主体的地质景观。峡谷全长5千米，由深红色的沙石构成，经历了百万年的风剥雨蚀、洪水冲刷，山势气象恢弘，沧桑壮美。在蓝天白云的衬托下，景色瑰丽无比，置身其间，峰回路转，仿佛步入梦幻世界，一步一景，十步不同天。峡谷中有一块红色巨石，看似普通，但其白色的沙纹竟然惊现出蒙文"阿拉善"3个字，令人称奇。

一 神光响沙

起伏连绵百里沙，

流光七彩少人家。

丘峦风过如波涌，

千载犹闻十八笳。

注 神光响沙，位于鄂尔多斯库布齐沙漠腹地，车子行驶在穿沙公路上，高大沙丘比肩而立、一望无际，阳光下可看到沙漠神光变幻莫测。爬上路边高高的沙丘，拨动沙粒或踩踏、滑溜，会听到嗡嗡的沙鸣声。

一二 观波浪谷

浪叠万重波亦狂,

销融千壑谷幽长。

丹霞黑雀皆成韵,

撷取秋花满地芳。

注 波浪谷,位于靖边东南22千米处的龙洲乡闫家寨子,四周是黄土覆盖的高原,和其他地方并未有什么区别,而这里的山峁、沟壑却呈现出一种异样的景观。波浪谷展示的是历经亿万年沧桑的砂岩被风和水雕琢而成的奇妙世界。波浪谷岩石的复杂层面,是由巨大沙丘组成,沙丘在一亿五千万年前的侏罗纪就开始沉积而成,又不断地被一层层浸渍了地下水的红沙所覆盖,天长日久,水中的矿物质把沙凝结成了砂岩,形成了层叠状的结构。红色砂岩像泥石流般呈现出一种流水状的地貌,一圈圈、一坨坨、一弯弯地向沟壑中涌去。

南海丝路行

NANHAI SILU XING

二十四首

海上丝绸之路是指古代中国与世界其他地区进行经济文化交流交往的海上通道。海丝之路从中国东南沿海，经过中南半岛和南海诸国，穿过印度洋，进入红海，抵达东非和欧洲，成为中国与外国贸易往来和文化交流的海上大通道，并推动了沿线各国的共同发展。中国境内海上丝绸之路主要有广州、泉州、宁波三个主港和其他支线港组成。远在秦汉时代，中国已经有了大规模的远洋航海通商和渔业生产活动，南海已成为当时的海上航路，也是一条重要的海上丝绸之路。

  2016年11月下旬，陕西省英才委员会和西北大学中国西部发展研究中心组织了送书画到西沙警营的活动，专程前往慰问戍守祖国南海丝路的海警官兵。

  西沙群岛，是中国南海诸岛四大群岛之一，由宣德群岛、永乐群岛、华光礁、东岛、中建岛等构成，共有22个岛屿，7个沙洲，另有10多个暗礁暗滩。中国历史上也叫千里长沙、万里石塘、宝石岛。至今西沙群岛上仍保留着一处甘泉岛唐宋遗址。

  戍守南海的中国公安边防海警部队隶属于公安部边防管理局，编制列入中国人民武装警察边防部队序列，是由公安部领导管理的现役部队。主要负责近海安全，处理近海治安、刑事等案件的调查处理，打击走私、偷渡、贩毒等海上违法犯罪活动，是公安机关部署在海上的唯一执法力量。也被称为中国的"海岸警卫队"。

我有幸参加了这次慰问西沙海警官兵的活动，随"万宁号"亲历了南海丝路的巡航，在与海警官兵朝夕相伴的日子里，体验到他们深海远航的艰辛，深为海警官兵爱国爱岛、乐守天涯的精神所感动，一路吟得绝句24首，以志此行。

一 万里情缘

踏浪巡航二十年，

海疆浩渺碧连天。

诗书翰墨拳拳意，

慰问官兵万里缘。

注 2016年11月20日，我们慰问团一行来到了三亚海南海警总队二支队，适逢这支英雄部队成立20周年，在这里部队举行了简短的仪式，我们向支队赠送了书画作品和我的两本诗集，随后举行了现场创作笔会。

二 万宁出港

慰劳海警到文昌，
椰影涛声伴启航。
初照樯桅曦日出，
万宁破浪过龙乡。

注 2016年11月20日晚，慰问团一行连夜赶往文昌海警三支队，21日一大早乘坐"万宁号"海警船奔赴西沙，跨越千重碧波，傍晚时分到达西沙群岛上最大的岛屿——永兴岛，对驻守在那里的海警官兵进行慰问。

三 深海远航

蔚蓝深海水连天,

潮涌舷窗起白烟。

只见孤帆舟影去,

群鸥穿浪正盘旋。

注 在深蓝色的南海上,水天一色,白浪拍打着船舷,卷起层层烟岚。一群群海鸥穿过海浪追随着舰艇,远处有捕鱼船扬帆海上。

四 船上午餐

四菜一汤肴馔香，

波奔涛涌搅空肠。

餐风品浪尝兵味，

感佩儿男爱海防。

注 舰艇行驶于风口浪尖，颠簸摇晃，令人头晕目眩，连吃饭时也会反胃作呕，成了一种艰辛的体验。海警们常年以舰为家，餐风宿浪，真是外人不知海警苦，别有一番滋味上心头。

五　枕浪记梦

马达轰鸣枕浪眠，
随波摇曳梦童年。
儿时登舰观东海，
最羡水兵歌凯旋。

注　在宁波老家上学时，学校曾组织欢迎东海舰队海军将士凯旋的仪式，心中一直揣着长大当水兵的梦想。今天在万宁号上圆了驰骋海疆的少年梦。

六　海上彩虹

如纱薄雾雨空濛，

拂浪微风送远鸿。

丽日波光初霁后，

蓬莱岛影伴霓虹。

注　海上的天气多变，时晴时阴，风雨莫测，有幸看到南海上的雨后彩虹和苍茫海天间缥缈沉浮的岛礁。

七 亲历巡航

千重碧浪白鸥翔，

万里巡航守海疆。

护法维权舟作盾，

警魂剑胆志飞扬！

注 在舰艇上看到年轻海警娴熟过硬的技能，倍感欣慰；与80后的船长及海警战士聊天，更感佩这些血性男儿枕戈报国的赤胆忠心。

八　立府永兴

岛礁点点似星罗，

历代拓疆遗址多。

深海主权归赤县，

三沙设市定风波。

注 远在秦汉时代，中国已经有了大规模的远洋航海通商和渔业生产活动，南海已成为当时的海上航路，是一条重要的海上丝绸之路。至今西沙甘泉岛上仍保留着有一处唐宋时期遗址。三沙市是海南省四个地级市之一，现辖西沙群岛、中沙群岛、南沙群岛的岛礁及其海域，政府驻地位于西沙永兴岛。它是在2012年伴随海南省西沙群岛、南沙群岛、中沙群岛办事处的撤销而同时建立的新行政区，是我国位置最南、总面积最大（含海域面积）、陆地面积最小和人口最少的地级市。

九 三沙升旗

旗升日出满天红,

绿岛椰林沐海风。

南北此时同仰望,

国歌回响震苍穹。

注 伴随着旭日东升,三沙市政府前的五星红旗冉冉升起,庄严的国歌声穿越绿岛椰林,回荡在南海的万里长空。

一〇 最牛路牌

悉尼纽约路迢迢，

心向北京牌上标。

涨海水天连万里，

寄怀环宇目光遥。

注 2100多年前，我国古代探海家黄赟遍探南海，画出了涨海图，并献给了汉武帝。自此，南海就有了"涨海"的别称。在永兴岛三沙宾馆的门前，有一块"最牛的路牌"，上面写着：北京2680千米，纽约13601千米，悉尼6976千米……在这个不到3平方千米的永兴岛上，驻岛军民心怀天下、放眼世界的情怀，是何等豪迈！

一一 永兴学校

绿树红楼映碧空，

满园欢语乐融融。

渔家子弟书声朗，

桃李弦歌奏岛中。

注 2016年9月1日，三沙市永兴学校迎来了29名学生入学，琅琅读书声从教室传出。这个刚刚落成的中国最南端的校园，集教学楼、档案馆、水下考古中心为一体。教学楼共4层，1楼是幼儿园游戏室和活动室，2楼是小学教室和功能教室，3楼是培训教室，4楼是为下一步招收寄宿学生准备的生活区。在教学楼外的室外活动区，还放置了许多大型游戏器材。

一二　三沙邮局

千里飞鸿寄远乡，

信封邮戳可珍藏。

永兴绿意萦南海，

宝岛美名传八方。

> 三沙市邮政营业厅
> 营业时间 8:00 - 17:00
> 本地区邮政编码 573199

注 在永兴岛椰树婆娑的北京路边，一家不同寻常的邮电局吸引着游客的目光。邮电局营业厅的门前挂着"中国电信"的标志和"西沙群岛南沙群岛中沙群岛邮电局"的牌子，这是海南唯一的、也是最后的一个邮电局，至今邮政和电信没有分开。每天有大量的书信、包裹通过海上或空中抵达这里，又传递出去，成为南海军民与故乡和亲友联系的情感纽带。这里每年都会收到许多来自全国各地的集邮爱好者的信件，他们只为求一枚珍贵的西沙群岛邮票和三沙邮局的邮戳，以珍藏对祖国宝岛的一片深情。

一三 树岛夕晖

夕阳西下海霞红,

树岛三沙绿意融。

漫卷国旗风猎猎,

南天一柱傲长空。

注 永兴岛位于西沙宣德群岛之中,东西长1850米,南北宽1160米,陆地面积2.6平方千米,是南海诸岛中面积最大的岛屿。市政府门前的五星红旗迎风招展,三沙已成为戍守祖国海疆的南天一柱。

一四 飞舟搏浪

万顷波涛水激湍，

西沙海域接云端。

弄潮搏浪飞舟疾，

心逐白鸥天地宽。

注 从永兴岛到七连屿大约有4海里，我们乘海警的冲锋舟在颠簸的峰谷之间劈波斩浪，一路前行，陶醉于"海阔凭鱼跃，天高任鸟飞"的意境。

一五 登赵述岛

赵述明时壮此行，

舟船避浪待风平。

七连岛屿遥相望，

丝路港湾来扎营。

注 赵述岛是西沙宣德群岛之七连屿的第三大岛,位于南海西北部。岛长600米,宽300米,面积约为0.2平方千米,以东北—西南方向延伸。该岛是南海航线的必经之路,曾是海上丝绸之路上的一个重要驿站。1947年,为纪念明代赵述奉命出使三佛齐而命名为"赵述岛"。小岛呈圆形,四周被白沙滩环绕,茂密的树林中有椰子树、银毛树和草海桐等。

一六 读《更路簿》

珊瑚石舍缀金乌,

秘籍珍藏海径图。

世代航行书作证,

长沙千里是通途。

注 赵述岛上有一座用珊瑚石建成的石屋,阳光下如金乌腾飞,金乌是传说中的三足太阳鸟。《更路簿》是我国古代沿海渔民航海时用来记录时间和里程的书,现存《更路簿》最早手抄本产生于明代,详细地记录了西沙群岛、南沙群岛、中沙群岛中岛礁名称、详细位置、航行针位(航向)和更数距离。西沙自古就是中国的领土,被称为"千里长沙"。《更路簿》是我国人民开发西沙、南沙、中沙群岛的最直接的历史见证。

一七 观照片墙

小岛居民陈靓照,

打鱼耕海建家园。

七连屿上人丁旺,

花艳芳汀鸟语喧。

注 七连屿位于西沙宣德群岛东北部,是赵述岛等岛洲所在大礁盘的整体名称。在赵述岛上有一张早年全岛人的合影和每一位的人头像,近些年,三沙市为改善环境,在岛上兴建了住宅、水电设施和道路,使渔民安居乐业、人丁兴旺。

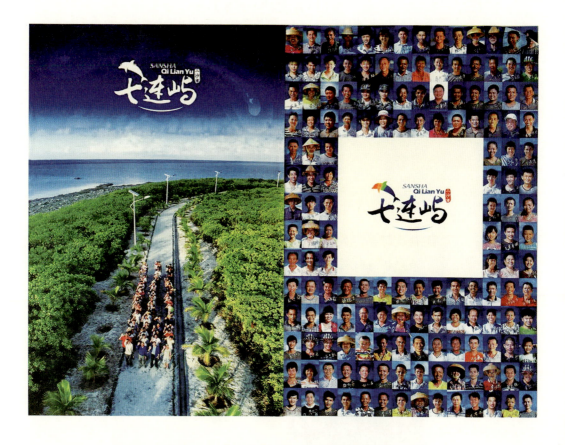

一八 耕海渔歌

落日流霞醉夕烟，

归帆片片正高悬。

逐潮出没风波里，

一曲渔歌遍海天。

注 傍晚时分，夕阳晚照下的海面波光溢彩，星星点点的渔船耕海归来，充满了"渔舟唱晚"的诗情画意。

一九 日军炮楼

占岛凶魔恶满盈，

樱花凋谢落无声。

丹心寸土英雄血，

风正潮平碧海清。

注 第二次世界大战爆发后，日本趁机入侵我南海诸岛，于1939年3月20日月占领西沙群岛，并在永兴岛上构筑工事，修建了炮楼，疯狂攫取我海岛资源。日军炮楼占据着岛屿西侧制高点，炮楼高9米，为三层砖混结构，四面开大窗户，平面呈方形，楼顶设有垛墙，建筑面积达20平方米。它是日军侵入我西沙群岛的罪证。"二战"结束后，根据1943年中英美三国的《开罗宣言》和1945年7月《波茨坦公告》，日军无条件投降，中国海军收复南海诸岛。

二〇 南海屏藩

扬帆万里到天涯,

自古西沙是我家。

南海屏藩丝路远,

永兴四望浪如花。

注　"二战"中日本占领了永兴岛,1945年日本战败无条件投降后,1946年11月24日凌晨,接收专员萧次尹(广东省府委员)、海军总司令部上校科长姚汝钰、上尉参谋张君然与"永兴"、"中建"两舰官兵抵达永兴岛。29日上午,他们在永兴岛日本炮楼附近,为收复西沙群岛纪念碑揭幕,鸣炮升旗。纪念碑系水泥所制,正面刻有"海军收复西沙群岛纪念碑"及"中华民国三十五年十一月二十四日立",背面刻有"卫我南疆"四个大字。后来,张君然任海军西沙群岛管理处主任,又重树"海军收复西沙群岛纪念碑",旁署"中华民国三十五年十一月二十四日张君然立",背面刻有"南海屏藩"四个大字。该碑在20世纪末被收录于《中国百年历史名碑》。

二一 龙头石岛

云卷龙头浪拍沙，

堤连二岛筑新家。

碧波浩瀚迎舟返，

鹰击长空掠晚霞。

注 石岛位于西沙群岛的宣德群岛，在永兴岛礁盘的东北。老龙头是西沙石岛的标志，它是由生物碎屑灰岩礁石群组成，经过数万年海浪侵蚀打磨，形成了各式各样、形态不同、层理交错的蜂巢状的岩石，其中有两块，宛如龙头形状，横卧于石岛上，犹如两条巨龙，龙头面朝浩瀚南海，龙尾则逶迤于陆地，昭示着这些海岛与祖国大陆血脉相连的关系。2012年后，石岛修有人工石堤和公路，使石岛与永兴岛连为一体。

二二 三沙劳警

诗书慰问到三沙。

巡警犁波岛是家。

持剑维权驰海上，

守疆踏浪乐天涯。

注 海警部队隶属于公安部边防管理局，编制列入中国人民武装警察边防部队序列，是由公安部领导管理的现役部队。主要负责近海安全，处理近海治安、刑事等案件的调查处理，打击走私、偷渡、贩毒等海上违法犯罪活动，是公安机关部署在海上的唯一执法力量。也被称为中国的"海岸警卫队"，在对外交流中常常扮演协调和牵头的角色。海警船为中国海警局海上执法船只，配备有自卫武器。2013年6月14日，中国海警船配武器首赴南海执法。

二三 南海夜航

破浪驭风星夜行,

男儿蹈海卷旗旌。

欲登甲板身摇晃,

远瞩潮头望月明。

注 从三沙返航,落日熔金,霞光万丈,南海上波光粼粼。行至夜半,漆黑的大海上风疾浪高,涛涌数米,唯有月光星辉时隐时现。

二四 步韵友人

汽笛一声鲣鸟飞,

枕戈沧海湿戎衣。

风催潮汛巡航去,

霞映波涛踏月归。

将士盛情邀我至,

诗书深意待君挥。

警魂熔铸男儿志,

执盾骑鲸壮国威。

> 注 远方的诗友看到我在三沙写的组诗,遂吟赠七律一首:"一笛迎风万舰飞,忍携火箭着征衣。潮寒水国群鸥过,月暗渔歌孤棹归。情重远催骚客至,海深遥接战旗挥。凡人焉知从军苦,今将诗书助阵威。"因步原韵和之。

陕西省英才委员会书画作品进警营活动

丝路随笔

SILU SUIBI

十五则

一 从古丝路的起点出发

一次偶然的机会，我有幸参加了"十三五"国家重点出版计划之《丝路历史文明图鉴》（中国段）的实地考察活动。2016年7月26日，在西北大学出版社社长马来的率领下，我们一行8人，驱车从古丝路的起点长安城出发，一路向西，沿着河西走廊到霍尔果斯，途经瓦罕走廊，然后从唐蕃古道返回。此行几乎走遍古丝路的北中南三条主线，在广袤的西部追寻丝路的影踪，在行走中阅读历史文明。

古长安是一个很神奇的地方，以钟楼为中心的东西走向，朝着北纬34.5度展开；南北走向，朝着东经109度延伸。这是非常神秘的两条文明长廊。北纬34.5度，朝西安以东看，是中国千年古城的长廊，西安—洛阳—新郑—安阳—开封，大致都在这一纬度上；朝西安以西看，又正好是丝路联结着世界古都的长廊，包括世界四大古都西安—开罗—罗马—雅典，还有伊士坦布尔，也基本处在这一纬度上。这条纬线可以看做是中国和世界历史文明的命脉，孕育了伟大的中华文明和两河流域的古巴比伦、古希腊、古罗马、古埃及、古波斯文明。沿东经109度，由南往北看，华夏民族的许多关键时期都在这里领取了"通关文牒"，蓝田猿人、半坡仰韶文化、黄帝文化、周秦汉唐文化、延安革命文化，这一部部气势恢宏的史诗就曾先后书写在这条经线上。

驱车西行，我们离西安渐行渐远。我在古城已生活了半个多世纪，对这座城市有着太多难以割舍的依恋之情，她不仅是我的第二故乡，更是我追梦、筑梦、圆梦的地方。每当离开古城远行，总是有许多割舍不下的牵挂，而这一次更是这样，心中自有说不清的"千千结"。也许是因为我们是从古丝路的这个起点启程，也许是为长安作

为丝路的起始已申遗成功而兴奋，也许是惦记着长安城的汉未央宫、唐大明宫、小雁塔、大雁塔和明城墙等历朝风物和传奇……

丝绸制作是古代中国的一项伟大发明，据考证，丝绸的贸易可以追溯到青铜时代，早在先秦时期，中国生产的丝绸就开始向西方传播。丝绸之路，是自古以来，从东亚开始，经中亚，西亚进而联结欧洲及北非的这条东西方交通线路的形象化说法。19世纪末，德国地质学家李希霍芬首次将行走的这条东西大道誉为"丝绸之路"。德国人胡特森在多年研究的基础上，撰写成专著《丝路》。从此，丝绸之路这一称谓得到世界的承认。在古希腊人的眼中，丝绸之路的起点"赛里斯"就是大海的东方尽头，在古秦汉人的眼中，丝绸之路的终点"泰西"就是世界的西方地极。在很长的历史时期里，古丝路所到之处似乎就是整个世界，除此之外再无他国。它是中华民族向世界展示其伟大创造力和灿烂文明之路，是得以与西方文明相互融汇、珠联璧合之路，是与各国共同促进世界文明进程之路。

其实,早在公元前中国的丝绸之路已分为海陆两路。就陆路而言,有西汉张骞开通西域的官方通道"西北丝绸之路"、长城以北充满着血腥和暴力的"北方草原丝绸之路"和川滇山道崎岖的"西南丝绸之路";海路则有风平浪静的"海上丝绸之路",因转运的大宗商品多为香料,故又称为"海上丝香之路"。实际上,丝绸之路起码有4条之多。

西出长安,古丝路沿线的地名显露出中原人对西域疆土安定昌盛的向往:定西、通安驿、定远、永昌……我听著名文化学者肖云儒老师多次讲过,对丝路上的著名人物,我们应该记住这几个人:早期有西巡的周穆王、西汉的张骞(陕西城固人)、东汉的班超(陕西扶风人)、东晋的法显、唐朝玄奘等等,……几乎丝路上所有著名人物都与长安有关联。包括从西域来的鸠摩罗什,也曾在草堂寺翻译《金刚经》。所以,长安作为丝路的起点,更是丝路的第一品牌,这品牌就是由这些杰出的人物和他们的伟大人格所支撑起来的。

丝绸之路的开通促进了商业贸易,到唐代达到鼎盛,唐长安城的西市成为经济活动中心,也是当时全国工商业贸易中心以及中外各国进行经济交流的重要场所。这里肆列成行,商贾云集,邸店林立,物品琳琅满目,人流熙来攘往,贸易极为繁荣。因为西市距离唐长安丝绸之路起点开远门较近,周围坊里居住有不少外商,从而成为一个国际性的贸易市场。这里有来自中亚、南亚、东南亚及高丽、百济、新罗、日本等各国各地区的商人,其中尤以中亚与波斯(今伊朗)、大食(今阿拉伯)的"胡商"最多,他们多侨居于西市或西市附近一些坊里。因而在唐代的史籍中,往往会把西市和外国商人联系起来,出现了诸如"西市贾胡""西市商胡""西市胡""西市波斯邸"等种种说法,商人成了东西经济交流的重要媒介。在长安西市上各类店铺鳞次栉比,市场内交易繁忙,据说外国商人多时往往有数千之众。这些外国的客商把带来的香料、药物卖给朝廷官宦,再从中国买回珠宝、丝织品和瓷器等。因此,西市中有许多外国商人开设的店铺,如波斯邸、珠宝店、货栈、酒肆等。其中那些胡姬酒肆里因有西域姑娘为之歌舞侍酒，时有豪侠少年光顾。有李白诗句为证："五陵年少金市东，银鞍白马度春风。落花踏尽游何处，笑入胡姬酒肆中。""胡姬貌如花，当垆笑春风。笑春风，舞罗衣，君今不醉欲安归。"……

沿着丝绸之路，东西文化进行了广泛的交流，印度的佛教传入中国后，影响最大，信众最多。以隋唐长安城为例，隋时长安城就有佛寺70余所，到了唐代更是增加到了100余所。几乎平均一坊就有一座佛寺。其中有些佛寺规模很大，如大兴善寺就占了靖善坊整整一个坊之地，大慈恩寺占了晋昌坊半坊之地，大安国寺占了长乐坊半坊之地等。

说丝绸之路的起点是古长安，并不完全是地理上的概念。丝绸之路最早是由张骞为西汉联系西域各国共同抵御匈奴而开辟的，主要是为了完成政治和军事目的，那么，其起点自然应该是京都长安。张骞通西域与汉武帝打败匈奴开置河西四郡，之后又设立西域都护府，使丝路东段与中段，处于西汉统一王朝的经营与管理中，极大地保障了通畅无阻，也因而促进了商贸的空前繁荣。张骞为丝绸之路的发展做出了巨大贡献，建立了不世之功，故太史公司马迁将丝绸之路的开辟之功归于张骞，并称之为"凿空"。丝路从西汉张骞两度"凿空"算

起，经过几百年的不断延长，扩展到了中亚、西亚和北非，最终抵达非洲和欧洲更多的西方国家。事实上在唐代武则天和宋元以后，由于政治中心的东移和版图扩张，西安虽不再是丝绸之路的起点和必经路线，但国际学术界仍尊长安为起点。在第38届世界遗产大会上，"丝绸之路：长安－天山廊道的路网"被正式列入《世界遗产名录》，其中包括陕西的汉长安城未央宫遗址、唐长安城大明宫遗址、大雁塔、小雁塔、兴教寺塔、彬县大佛寺石窟、张骞墓等7处遗产点。有一个细节值得关注，联合国教科文组织最终公布的项目名称为"丝绸之路：长安－天山廊道的路网"，而不是之前中国、哈萨克斯坦、吉尔吉斯斯坦三国提交的"丝绸之路：起始段和天山廊道的路网"。改变这一名称的决定，是国际古迹遗址理事会在对丝绸之路全部文化遗产进行了考察评估后作出的。这说明国际专家认可丝绸之路开通于西汉，起点在长安。

我认为，把古长安作为丝绸之路起点的意义还在于，汉唐是中国历史上最为辉煌的两个朝代。汉唐王朝不仅国力昌盛，经济发达，文化繁荣，还开拓了丝绸之路，通过丝路不仅吸收了外来物质文明和精神文明，而且向中国边疆和域外地区传播了中华文化，推动了东亚汉字文化圈和儒家文化圈的形成。从这方面来说，汉唐中国成为当时世界先进文化和价值观的策源地和输出地，引领着世界历史的发展和人类文明的进步。

丝绸之路，是一道连接亚欧大陆友谊的长虹，更是一条灿烂辉煌的历史文化长廊。无数文人墨客徜徉于这条古道，一路吟诵，留下许多脍炙人口的诗句："劝君更尽一杯酒，西出阳关无故人"；"羌笛何须怨杨柳，春风不度玉门关"；"明月出天山，苍茫云海间，长风几万里，吹度玉门关"；"大漠孤烟直，长河落日圆"……

追昔抚今，思绪万千。我想，西安作为古丝绸之路的起点，也是打造新丝绸之路战略中极具影响力的重要城市，因而我们就多了一份责任担当，应该为丝绸之路的再度振兴做出应有的贡献。作为古都长安的传人，我们要有丝路文明建设者的强烈责任感和使命感，用丝路精神熔铸新时代的人文精神，树立广阔的视野、博大的胸怀和具有竞争力的创新意识；要重视外向型经济文化的发展，以前瞻性的思维与设计，精心打造国际贸易圈和国际文化圈。唯其如此，西安乃至广大西部地区的经济文化建设才会有更大的创新活力和发展后劲。

这次丝路之行，我将不只是从那浩瀚的史书和诗句里梦回"秦时明月汉时关"，而是在重走丝路的行旅中去真实领略大漠、落日、羌笛、阳关、驼队等祖国西部的雄浑意象，去切身感悟丝路长廊的千年沧桑、万里沙尘，去寻找新时代"一带一路"的历史发展新契机。

二　麦积烟雨从眼前飘过

车子驶过宝鸡，钻过牛背梁，就到了天水。据说，天水是以天上的河水注入这里的美丽传说而得名。秦始皇的先祖曾在这里为周王室牧马，并以此作为成就统一大业的发祥地，所以，天水又称作秦州。以天水为中心的陇右地区，当时是天下闻名的富庶之地。司马光在《资治通鉴》中就有"天下称富庶者无如陇右"之说。

我始终对天水怀有一种特殊的感情。追溯姓氏的历史，我这个"桂"姓，原本是周代王胄后裔的"姬"姓。据《桂氏家乘序》的记载，东周灭亡后，原周文王的后裔姬季桢曾任过秦国的博士。秦始皇焚书坑儒的时候，姬季桢被满门被杀。姬的胞弟为避祸而改姓，于是有了桂、昋、炅、炔四个同音的姓，都为同宗同源，但后来其他的几

个姓已消失了。因此，桂门的"郡望"就在天水。

到了天水，一定要去麦积山看一看。麦积山位于天水的陇山丛林深处。因山形奇特，山顶尖耸如锥，根部厚重敦实，酷似农村场院里堆积起来的麦垛，早在公元400年前后就有了麦积崖之称。中伏时分，天气还是十分炎热，但此时的麦积山，却是山峦叠翠，群峰耸峙，林深草茂，溪流交错，飞瀑如练，细雨绵绵，远处的山峰笼罩在朦胧的烟煴之中，使深山古寺更显得宁静而清幽，禅意深邃，恍如远离红尘的世外桃源。

我已经是第四次到麦积山了。前几次来，都是途经这里，匆匆而过，如雾里观花，未及细看。这次不同于以往，因为是专程考察丝路历史文明，循着古人的履痕来寻访历史古迹。随着导游的讲解，我的思绪穿越时空，徜徉在岁月的长河中，犹如身临其境，与先贤哲人进行着心灵的交流。

麦积山因绝壁上的石窟艺术而闻名于世。据说，佛窟开凿的历史可追溯到十六国后秦时期，穿越历史的烟云，距今约1600多年前，有一位著名的西域高僧鸠摩罗什来到了这里。鸠摩罗什祖籍在天竺，祖上世代为相，母亲是龟兹国的公主，7岁随母亲一同出家，曾游学天竺诸国，遍访名师大德，博通大乘小乘佛法。鸠摩罗什来到中原，是中国文化史上的一段奇迹。说起这个过程来，却还有一段很辛酸的故事。前秦的苻坚皇帝，仰慕鸠摩罗什的学问，不惜调遣将军吕光率兵西征龟兹。吕光俘获鸠摩罗什后，带着他撤回内地。军队走到凉州（今甘肃武威），苻坚兵败淝水，被羌人姚苌杀害，于是姚苌当了后秦皇帝。这样吕光便留在了凉州称王，鸠摩罗什也只好滞留在凉州。到了公元401年，姚苌儿子姚兴继位当了皇帝，打败了后凉，便迎鸠摩罗什进入中原。鸠摩罗什居于国都逍遥园里，皇帝事以国师之礼，四方僧侣云集长安，参加译事的约有3000余人，翻译佛经300余卷，都由姚秦政府供养。在鸠摩罗什以前，佛教的传播大多靠神通来显化，自从鸠摩罗什东来到长安之后，才使佛教哲学与儒、道两家分庭抗礼，变成中国宗教的一派巨流，从此有了儒、释、道三家之学，构

成中国传统文化大的骨干。鸠摩罗什是中国佛教八宗的鼻祖，他的佛学成就空前绝后。

鸠摩罗什来到长安之后，佛教声望日隆，后秦境内"奉佛者十之八九"，名僧辈出。鸠摩罗什的出家弟子中，如僧睿、僧肇辈，都是当时中国的博学才子，这些弟子的学问和风度，对南北朝的学术界影响至深，为当世所仰慕。尤其是僧肇著《肇论》，融合老庄的思想，倡导"般若无知论""涅槃无名论"等，成为不朽的名作，在中国哲学思想史和文学史上开创了千古奇局。后来道安、慧远的佛学论著，受鸠摩罗什的影响也很大。

当时秦州刺史姚嵩，是开国皇帝姚苌的表弟，也是虔诚的佛教徒，他在给皇帝的书信中，就谈到在麦积山开窟造像的事。宋代的《方舆胜览》称："麦积山，后秦姚兴凿山而修，千崖万像，转崖为阁，乃秦州胜景。"这一时期，还有一位对石窟发展极为重要的名僧玄高。玄高在长安学习禅法，然后"杖策西秦，隐居麦积山"。他与昙弘在麦积山讲学,"聚集僧人三百",使麦积山成为远近闻名的佛教兴盛之地。

麦积山石窟中北魏早期的彩塑和丹青体现了异域之美。作为从印度传入的宗教,无论是造像还是壁画上的菩萨样式、姿态、气质、服饰,都透出浓郁的异域风情。特别是现存最早的过去、现在、未来三佛(迦叶佛、释迦牟尼佛、弥勒佛),明显受到印度犍陀罗艺术的影响。

到北魏晚期,佛教文化深受南方士大夫对《老子》《庄子》《易经》中所蕴含深奥哲理进行思辨的风潮的影响,在形象上以清瘦为美,反映出一种思辨之美。这一时期最为有名的是133窟,它是麦积山石窟内部最大、内容最丰富、精品最多的一个洞窟,无论是平面还是空间形式,在中国石窟史上堪称孤例。进入窟门之后,先是一个横长方形的空间,再后面是两个纵长方形并列的空间,大致呈"业"字形。

这个洞窟一直被人称为"万佛洞",因为窟内前后左右所有的壁面上贴满了10余厘米的影塑千佛,古人称"有龛皆是佛,无壁不飞天"。除此之外,窟内还有18块造像碑,其中1号碑的前后左右四面全部雕刻了栩栩如生的佛像,约有1300余尊。在窟中,还有一个小沙弥的雕塑,面部形象就如一个不满10岁的孩童,头略低,脸上带着甜美的微笑,令人顿生爱怜和无穷遐想,被人称为"东方维纳斯的微笑"。看了那么多的佛龛洞窟,唯有这个小沙弥的微笑,深深地打动了我,"万佛千佛洞几崇,不知佛在此心中"。

随着导游的引导,我们攀梯而上,好像看到1600多年前的工匠们,在百余米高的悬崖绝壁上抡臂挥钎,开凿了密如蜂房的洞窟,民间艺人在洞内塑造着众多佛像,用丹青绘制着花雨飞天的壁画。导游介绍,北魏、西魏、北周三朝,大兴崖阁,造像万千。从北魏到隋代的数百年间,是麦积山发展最辉煌、最鼎盛的时期,形成了这一道道奇异的景观。唐以后的五代、宋、元、明、清各朝,都曾不断开凿或重修,但规模和影响已大不如以前。历史上石窟遭到多次地震、火灾的破坏,至今仍保存窟龛221个,泥塑、石刻7800多件,壁画1000多平方米,北朝崖阁8座。它与敦煌莫高窟、大同云冈石窟、洛阳龙

门石窟并称为中国四大石窟。

　　从危崖栈道的悬梯上走下来,天上飘起了雨丝。末伏的麦积山,细雨迷蒙,远处的山峰笼罩在烟煴之中,使深山古寺更显得宁静清幽,禅意深邃,恍如远离红尘的世外桃源。回望麦积山,烟雨朦胧,微风扑面,真是"云深遮古寺,风清印禅心"。如今,绝壁上曾经的佛国已很难见到僧侣行踪;但通过一个个洞窟、一尊尊塑像、一幅幅壁画所遗留下来的佛苑传说和岁月往事,我仿佛仍可听见曾经萦回绕梁的梵音,在湿雾流云中发出回响;仿佛看到那条始终未曾干涸的文化长河,在河西走廊上时而浩浩荡荡,奔流不息,时而弯弯曲曲,千回百转,时而淙淙潺潺,低吟浅唱……

三 西夏遗存大佛寺

沿着河西走廊一路向西,我们来到了张掖。这里是古丝绸之路重镇,古称"甘州"。它南枕祁连山,北依合黎山、龙首山,黑河贯穿全境,形成了特有的荒漠绿洲景象。汉代以前,月氏国称雄于敦煌祁连间,张掖为其属地。西汉时期,武帝元狩二年(前121年),骠骑将军霍去病进军河西,战败匈奴,浑邪、休屠二王率众归汉。张骞两次出使西域,开通了"丝绸之路"。汉武帝元鼎六年(前111年),在这里置郡,取"张国臂掖,以通西域"之意名曰张掖。这里从此开始大规模徙民垦殖,戍兵屯田,发展农业生产,促进了中原与西域的经济、文化交通和繁荣。

从唐代安史之乱以后,张掖一直是回鹘王廷——"牙帐"所在

地，史称甘州回鹘。北宋时期，北宋仁宗天圣六年（1028年），党项族首领李元昊击败甘州回鹘，建立西夏王朝，8年之后，全面占领了河西走廊。为了加强对河西的经营和管理，西夏政权积极推行了一系列汉化政策，其中包括兴建寺院、翻译佛经等活动。到了崇宗李乾顺统治时期，西夏国力鼎盛。凉州的护国寺和张掖的大佛寺，都是在这一时期修建的。

张掖大佛寺始建于西夏永安元年（1098年），原名叫迦叶如来寺，明永乐九年（1411年）敕名宝觉寺，清康熙十七年（1678年）敕改弘仁寺。是全国重点文物保护单位。大佛寺当年规模很大，气势恢宏，16世纪时还可容四五千人同时叩拜。意大利旅行家马可波罗曾被大佛寺的宏伟建筑以及张掖的繁华所吸引，在此盘桓达1年之久。大佛寺现在的规模已难以与昔日相比，仅存中轴线上的大佛殿、藏经阁、土塔等建筑，坐东朝西，占地约23000平方米。大佛殿为二层重檐歇山顶，面阔九间（48.3米），进深七间（24.5米），高20.2米。藏经阁为单檐歇山顶，面阔21.3米，进深10.5米。土塔原名弥陀千佛塔，为砖土混筑密宗覆钵式塔，主塔高33.37米。

大佛殿里供奉着释迦牟尼涅槃卧像，又被称为"睡佛寺"。这是全国最大的西夏佛教殿堂，也是国内现存最大的室内卧佛像。佛祖涅槃卧像金妆彩绘，丰腴端秀，他安睡在大殿正中高1.2米的佛坛之上，身长34.5米，肩宽7.5米，耳朵约4米，脚长5.2米。大佛的一根中指就能平躺1个人，耳朵上能容8个人并排而坐，可见塑像之大了。殿内共有彩绘泥塑31尊，均为西夏遗存。卧佛身后塑有5.8米高的十大弟子举哀群像，卧佛头脚两端，分别塑有身高7.6米的大梵天、帝释天立像，殿内南北侧有优婆夷、优婆塞及十八罗汉等塑像，四周墙上及上层板壁绘有诸天礼佛、《山海经》和《西游记》的故事，画面共500多平方米。

传说当年康熙皇帝游览弘仁寺时，看到睡佛足足横卧了七间大殿，肩高是两层楼房，一根手指比人的胸围还宽，身上披的袈裟华丽逼真，十分高兴，当即命随行的文武百官，每人吟诗一首，以志睡佛

之宏伟。当时所吟之诗,有颂扬康熙驾临使大佛寺生辉的,也有祈求佛祖保佑国泰民安的,最后剩下了目不识丁的护驾卫士王进宝。众文武都替他捏把汗,王进宝先是一惊,继而跪地,转身看着睡佛,不紧不慢地吟道:"你倒睡得好,万事一起了。我若学你睡,江山何人保?"康熙哈哈大笑,连加赞赏,当即传旨奖赏,提升王进宝为西宁总兵。

大佛殿后的万圣殿,青瓦覆面,琉璃瓦饰边。殿内的甘州佛教艺术品陈列展,全面展示了大佛寺遗存的碑刻、佛造像和卧佛腹内和地宫出土的法器密宝等佛教珍贵文物。其中明正统六年(1441年),皇帝御赐了《北藏》首部《大般若波罗蜜多经》。当时钦差镇守陕甘御马监鲁安公王贵召集地方名士,以此为蓝本,取绀青纸为质,依千字文编序,以金泥写序,银泥写经,用金线勾勒,以石青、石绿、丹石、朱砂、白银描绘曼荼罗"五彩八宝佛画",共计600卷。其历史、艺术价值不可估量,堪称无价之宝。还有明代的《永乐佛曲》,收集了明成祖《御制感应序》、《神僧传序》和122首佛教的南曲、222首北曲的曲牌目录及正文。遗憾的是因为古时的曲谱没有记录下来,只有文字,没有曲谱。1966年在大佛寺中发现石碑、铜佛、铜镜、佛

经等珍贵文物。1970年，又发现明正统六年（1441年）置放的石函一具，内盛琢磨精致的玉雕、珍珠、银器等。在绘有八卦图案的银盒内，放有珊瑚、琥珀、玛瑙、朱砂、石英，还有我国的古代钱币和波斯银币等，尤其是品相精美的波斯银币十分罕见。透过这些珍贵文物，我们仿佛听到了当年丝绸之路上商贾往来的驼铃声声……

拜谒了大佛寺，即将离开之际，我回望卧佛寺的大殿，看到殿门两旁挂着清代的两副楹联，其中一副是："创于西夏，建于前明，上下数百余年，更喜有人修善果；视之若醒，呼之则寐，卧游三千世界，方知此梦是真空。"这仿佛道出了卧佛的玄机：虽眠犹醒，梦是真空。细细品鉴，似有所悟，个中真有无穷禅机！

四　寻觅大月氏的足迹

从哈密出发,我们经过一段崎岖颠簸的戈壁滩,翻越了天山的崇山峻岭,终于来到东疆门户巴里坤。在地壳裂变中,大自然给巴里坤留下了"三山夹两盆"的地形。巴里坤山、莫钦乌拉山、东准噶尔断块山系,自西向东,横亘大际,把巴里坤湖和三塘湖紧紧地搂在怀中。

我问当地人,这里的地名为什么叫巴里坤?他们说,一种说法是原来叫巴尔库尔,在蒙语里是"老虎脚"的意思,指它的地形像一只虎脚;再一种说法是哈萨克语的意思是"有湖",因为这里有一个月亮般纯净的咸水湖。想想这两种说法,都不无道理,可能跟民族的文化和心理有关。

我们到这里来,不仅因为它是丝路重镇蒲类古国,还有一个重要的原因,就是来看望西北大学丝绸之路文化遗产与考古学研究中心王建新教授带领的考古团队。很不凑巧,王教授从外地才到哈密,已来不及赶回巴里坤了,我们因行程紧张,这次就见不上他了,很是遗憾。王教授的学生马建老师一直坚守在东天山考古现场,他陪我们到红山口踏勘了当年月氏原住地王庭遗址和石人子沟正在发掘的古游牧部落的墓葬群,聚落遗址距今约3300—2800年前,面积达96平方千米,已发现居住遗址1000多座,墓葬2000多座,刻石岩画5000多块。

红山口是个狭长的山谷,雨量充足,空气湿润,巴里坤山上的溪水源源不断地流下来,石头上长满了苔藓。时间一长,风干的苔藓就变成红褐色的了,所以这个地方叫做红山口。红山口的地势平缓开阔,旁边有一个隆起的山包,两列石头排成一条蜿蜒的道路,一直通到山顶。马建老师说,考古队员们称其为天路。曾有学考古的男女学生朝夕相伴地走在这条天路上,有的日久生情就成了情侣。山上有几

处石头垒起来的石墙和一个巨大的圆形石基。据考证,石基周边还有动物的骨头,很可能是王庭住所或用于祭祀的祭台。这个山包,背靠天山,可以非常清楚地看到其他三个方向的情况,居高临下,易守难攻。

我们在马建老师的陪同下,又来到石人子沟遗址考古发掘现场。西北大学考古所的一些老师和学生正在紧张地工作。他们对每一个墓都录像拍照存档,然后,把尸骨和陪葬品一一登记,收到一个个塑料盒里。我看到一个娇美的女生正在清理尸骨,她脱掉手套,小心翼翼地用锡箔纸把断掉的腿骨包裹起来,放进盒里,毫无胆怯的神情。这里发掘出来的墓坑,大小深浅不一,深度在0.3—2.5米之间,木棺里都有完整的人骨,一般都是头西脚东,面向北呈侧身屈肢葬式。随葬品有陶器、铜耳环、耳坠、手链和玉石串珠等,种类不少,内容丰富。

月氏在中国和世界历史上都极为重要,它和匈奴发迹、汉通西域、佛教东传有着密切的联系。马建告诉我们说,通过在东天山地区长达十几年的考古工作,可以说以前学界对古代游牧民族"居无定所"的认识是不全面的。聚落遗址和大型墓地的发掘，让人们更加深入了解了草原游牧文化，也使解开大月氏王国的迁徙之谜成为可能。

据记载，公元前5世纪至前2世纪初，月氏人游牧于河西走廊西部张掖至敦煌一带。由于月氏位于丝绸之路的要塞，控制着东西贸易，使它慢慢变得强大，常与匈奴发生冲突。公元前177年至前176年间，匈奴冒顿单于派遣右贤王出征，大败月氏。公元前174年，匈奴冒顿单于的儿子老上单于又大败月氏，还把月氏的国王杀掉了，并割下他的首级带回匈奴，还把他的头盖骨做成杯子来使用。后来，月氏大多数部众西迁至伊犁河流域及伊塞克湖附近。西迁的月氏从此被称为大月氏。月氏在河西走廊留下小部分残余部众，与祁连山间的羌族混合，称为小月氏。

作为草原游牧文化代表之一，大月氏的踪迹早已消失在茫茫的历史长河中。但是，如果没有他们，也就不会有张骞后来的"凿空西域"开通丝绸之路的壮举。所谓"空"即"孔"，意思就是开辟孔道，因此被司马迁称为"凿空"之旅。据史书记载，公元前139年，汉武帝听到大月氏王被杀欲联汉复仇的消息，传旨招募能出使大月氏的人，最后派张骞出使西域去寻找大月氏，试图与大月氏联合夹击匈奴。

张骞从长安出发时带了100多人，一路向西而去。刚出了陇西，很快进入了河西走廊。但是，正当他们风尘仆仆地跋涉的时候，就遇到匈奴骑兵，张骞一行人全被活捉。单于得知张骞要出使月氏后，恼怒地说："月氏在我北边，你们汉朝想遣使从我头上过去吗？我想出使越南，汉天子答应吗？"于是单于将张骞扣留在匈奴10余年，匈奴单于知道了张骞西行的目的之后，自然不会轻易放过。把张骞一行分散开去放羊牧马，并由匈奴人严加管制。还给张骞娶了匈奴女子为妻，一是监视他，二是诱使他投降。但是，张骞坚贞不屈。始终保持着汉朝使者的符节。他虽被软禁放牧，度日如年，但一直在等待时机，准备逃跑。

张骞始终没有忘却他的使命，过了10余个春秋，匈奴的看管才有些放松。公元前129年，张骞乘机和他的贴身随从甘父一起逃走，离开匈奴的地盘，继续向西行进。由于他们仓促出逃，没有准备干粮和饮用水，一路上忍饥挨饿，干渴难耐，随时都会倒在荒滩上。好在甘父射得一手好箭，沿途常射猎一些飞禽走兽，饮血解渴，食肉充饥，才逃过了死亡的威胁。他们取道天山南麓的车师，经过焉耆、龟兹，翻过葱岭，到达了大宛。大宛国王听了他的遭遇，得知中原丰美富庶，非常高兴，很想和汉朝通好，就派向导把张骞领到康居，再转程到月氏。向西走了几十天，最后终于到达了大月氏。可是，此时的大月氏国已经新立了一位国王，使大夏国臣服他们，并得到一块水草肥美的土地，安居乐业，已不复有报仇之心了，更何况他们觉得汉朝离他们太远，很难帮助到他们。公元前128年，张骞一行踏上了归途。不幸再次被匈奴骑兵俘获扣留了1年多。直到公元前126年，张骞等人才趁着匈奴内乱的时候，带着妻儿，逃出了匈奴地区，回到了长安。

张骞第一次出使西域，历时13年之久，虽然没有完成联络大月氏夹击匈奴的使命，但他却是第一个开通西域的人，开辟了举世闻名

的丝绸之路。并且访问了大宛、康居、大月氏、大夏等地，了解了乌孙、安息（即波斯，今伊朗）、条支（即大食，今伊拉克）、身毒（今印度）等地的情况，为以后和这些地区的交流奠定了基础。回来以后，张骞向汉武帝报告了西域的情况，这成为《汉书·西域传》资料的最初来源。后来，张骞再度出使西域，"凿空西域"之旅前后历时30年。汉武帝刘彻取"博广瞻望"之意，封张骞为博望侯。此举使西汉的先进技术传到西域，西域独特的文化、农作物也被引进到西汉，进而形成了绵延千年的丝绸之路。

据《汉书》记载，至公元前1世纪，大月氏有五翕侯：都和墨城的休密翕侯、都双靡城的双靡翕侯、都护澡城的贵霜翕侯、都薄茅城的肸顿翕侯；都高附城的高附（《后汉书》作都密）翕侯。对于上述各翕侯的治所及其统治地区，考之者甚多，除了高附无疑为今阿富汗首都喀布之外，其余皆无法确证。公元1世纪中，五翕侯中的贵霜翕侯，兼并了其他四翕侯，统一了大月氏，国势渐强。从此西方历史上便称之为贵霜王朝，中国文献中一般仍称之为大月氏。

伴随着历史长河的滚滚前行，西迁后的大月氏早在人们视野中消失了。这个神秘部族的具体位置已很难考证,这是国际历史学界一直在探寻的重大课题之一。要解开这个谜团,只能寄希望于历史考古。1999年以来,西北大学王建新教授和他的考古队,利用现代考古手段,从河西走廊一路追寻月氏人的迁徙足迹,终于在东天山红山口发现了月氏王庭,然后一路向西考察,2009年首次进入乌兹别克斯坦及塔吉克斯坦与当地联合考察,新发现了许多古代游牧文化的大型聚落遗址,终于在乌兹别克斯坦撒马尔罕西南、喀什卡达利亚州东北部和苏尔汉河流域周边的山前地带,找到了大月氏遗留的痕迹。

撒马尔罕是古代丝绸之路上的一座历史名城,分布有大量早期贵霜文化遗存,与后来的贵霜帝国文化关系密切。由王建新教授领衔的中乌联合考古队,2015年9月对当地发现的中小型墓葬群和居住遗址进行了3个月的考古发掘,2016年6月以后又对一座超大型墓葬进行发掘,出土了一批陶器、石器、骨器、铜器、铁器等公元前2世纪至公元1世纪的文物,这些遗存都与古代的月氏有关。据考证,这些古代游牧民族文化遗迹,属于古代康居文化,与《汉书》等古代文献的记载是相吻合的,为确认古代月氏文化的分布范围提供了新资料。并在一定程度上厘清了古代月氏与大夏(巴克特里亚)、贵霜、粟特等古国的关系。因而可以基本确定,古代月氏在中国境内的原居地应在东天山为中心的区域,后来在匈奴和乌孙的打击下,被迫西迁到了中亚。当年从史书中消失的大月氏西迁后所统治的区域,大致位于今天撒马尔罕西南、喀什卡达利亚州东北部和苏尔汉河流域周边的山前地带。随着这里的遗址进一步发掘,一件件珍贵文物陆续出土,大月氏王国去向之谜的神秘面纱正在被揭开。

五　酷暑再访莫高窟

敦煌，是多少文人墨客心中的圣地。我们此行主要是考察丝路历史文明，莫高窟当然是必不可少的一个去处。我曾在10多年前来过莫高窟，那时的莫高窟周边设施还很简陋，游客也不太多，每年也不过10多万人。这次到敦煌，发现这个城市的车站、机场、道路和各种建筑都焕然一新，不少地方在日夜施工。从各种街头的宣传标语口号得知：大战150天，迎接文博会。据朋友介绍说，2016年9月20日至21日，由甘肃省人民政府、文化部、国家新闻出版广电总局、国家旅游局、中国贸促会共同主办的首届丝绸之路（敦煌）国际文化博览会将在敦煌隆重举行。在敦煌举办的文博会将会有几十个国家参加，许多国家的政要将光临这里。

"敦煌"一词最早见于《史记·大宛列传》，东汉应劭的解释是取盛大辉煌之意："敦，大也；煌，盛也。"敦煌东峙峰岩突兀的三危山，南枕气势雄伟的祁连山，西接浩瀚无垠的塔克拉玛干大沙漠，北靠嶙峋蛇曲的北塞山。历史上的敦煌曾是中西交通的枢纽要道，丝绸之路上的咽喉锁钥，是世界文化遗产莫高窟和汉长城边陲玉门关及阳关的所在地。

夏、商、周时，敦煌属古瓜州的范围，有三苗的后裔，

当时在此游牧定居的是羌戎族人。敦煌地区发现游牧民族留下的许多岩画至今历历在目，反映的就是那时的文化。战国和秦时，敦煌一带居住着大月氏、乌孙人和塞种人。以后，大月氏强盛起来，兼并了原来的羌戎。战国末期，大月氏人赶走乌孙人、塞种人，独占敦煌直到秦末汉初。西汉初年，匈奴人入侵河西，两次挫败月氏，迫使月氏人西迁徙于两河流域（锡尔河、阿姆河）。整个河西走廊为匈奴领地。强盛的匈奴以"控弦之士三十余万"的威势，对西汉王朝构成了严重威胁，并且经常四处骚扰掠夺。张骞二次出使西域，顺利地从乌孙凯旋。从此，开辟了通往西域的丝绸之路。张骞"凿空"之行，是中西交通史上的创举，为促进中外以及中原同西域各民族之间的经济文化交流，建立了不朽的历史功绩。所以，汉武帝刘彻取"博广瞻望"之意，封张骞为博望侯。

东汉初年，匈奴又逐渐强盛，征服了曾是西汉管辖的大部分西域地区，丝绸之路被迫中断。公元 75 年，东汉王朝出兵四路进击北匈奴，凉州牧窦固率河西兵大败匈奴，收复了伊吾等失地，重新打开通向西域的门户。同时派遣名将班超两度出使西域，杀死匈奴使节，联络西域诸国与东汉建立了友好关系，使断绝 65 年的丝绸之路重新畅通。自西汉设郡到西晋末的数百年间，丝绸之路虽几通几绝，但敦煌日渐呈现出繁荣昌盛的景象，也逐步发展成为西北军政中心和文化商业重地，成为"华戎所交大都会"。

敦煌如今虽然只是甘肃省酒泉市代管的一个县级市。但因这里的莫高窟有千尊佛洞窟及敦煌壁画而闻名于世。莫高窟在城东南的 35 里外的鸣沙山和三危山之间，一边是沙漠，一边是戈壁滩。据史书记载，佛窟始建于前秦建元二年（366 年）。据说有位叫乐僔的僧人经过此地时，见山上金光闪耀，犹如万佛显现，于是在岩壁上开凿了第一个洞窟。此后，法良禅师继续在此开凿洞窟，塑佛修禅，称为"漠高窟"，意思为沙漠高处的佛窟，后人因"漠"与"莫"通假，便写成了"莫高窟"。后经两魏、隋、唐、五代、宋、元等历代民间修增，形成规模宏大的洞窟，分布在鸣沙山崖壁上三四层不等，全长 1618

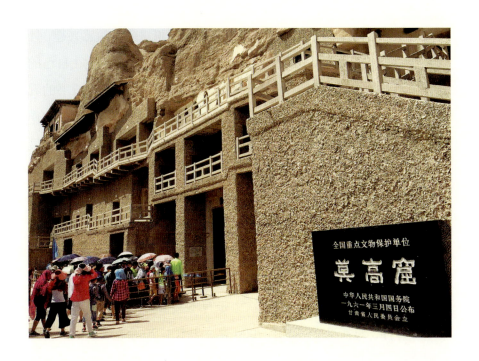

米。现存石窟 492 个，壁画总面积约 4.5 万平方米，泥胎彩塑佛像等造型 2400 多身。石窟大小不等，塑像高矮不一，大的雄伟浑厚，小的精巧玲珑，其造诣之精深，想象之丰富，令人叹为观止。是当今世界保存规模最大、内容最丰富的佛教文化艺术圣殿。

莫高窟在隋唐时期，随着丝绸之路的繁荣而日益兴盛。武则天时已有洞窟千余个，安史之乱后，敦煌先后为吐蕃和义军占领，但造像活动未受太大影响。北宋、西夏和元代，莫高窟渐趋衰落，仅以重修前朝窟室为主，新建极少。元代以后敦煌停止开窟，逐渐冷落荒废。明嘉靖七年（1528 年）嘉峪关封闭后，敦煌成为边塞游牧之地。康熙五十七年（1718 年）清军平定新疆；雍正元年（1723 年）在敦煌设沙州所，雍正三年（1725 年）改沙州卫，并从甘肃各州移民至敦煌屯田，重修沙州城。乾隆二十五年（1760 年）改沙州卫为敦煌县，敦煌经济开始恢复，莫高窟又开始被人们注意。

清光绪二十六年（1900 年），敦煌道士王圆箓无意中发现敦煌石窟第 16 窟画有壁画的墙上有裂缝，因察看裂缝，进而在第 17 窟中发现了大量的经卷和佛像。王圆箓立即将此事禀告县令，县令及时上报给甘肃学台叶昌炽。精通古文字和考古的叶昌炽对此事颇感兴趣，计划将这些经书及佛像运往京师，然因耗资过巨而未果。但他在自己的著作《语石》中录述了莫高窟的碑文，发表了个人对敦煌遗书的看法。自此以后，敦煌遗书被发现的消息不胫而走，敦煌县令将文物作礼品送人，遗书开始流失。1907年3月，匈牙利籍英国人斯坦因最先来到敦煌，利用买通和欺骗的手段从王道士手中盗走大量遗书，共有写本卷子8082卷，木版印刷20卷，其中佛教著作6790卷，共装了24箱经卷，另有绘绣佛像精品等，1908年春，法国人伯希和来敦煌盗走古书、佛教变文、民间文学等汉藏文卷子写本精华6000卷。1911年日本人橘瑞超和吉小川一郎进行了摄影和调查，并盗走文书约600卷。1914年，斯坦因再次盗走写本文书五箱。两次共掠走文书1万多件，包括汉文写本书7000卷、印本书20余卷，回鹘文、古突厥文等二三百卷。1914年至1915年间，俄国人奥登堡也盗走文物2000件以上。1924年，美国人华尔纳用特制的化学胶液，粘揭盗走莫高窟壁画26块以及一批唐塑等。大量藏经洞文物珍品惨遭劫掠，绝大部分不幸流散到国外众多的公私收藏机构，仅有少部分保存于国内，造成了中国文化史上的一场空前浩劫。敦煌经卷文物的大量外流，引起了清政府的注意。1910年清政府下令将敦煌所剩文书约8000卷运往北京，藏于京师图书馆。1919年甘肃省政府教育厅又将莫高窟劫余经卷查点封存。至此，敦煌文书被盗外流的现象才被基本制止。

  莫高窟的建筑按石窟建筑和功用，分为中心柱窟（支提窟）、殿堂窟（中央佛坛窟）、覆斗顶型窟、大像窟、涅槃窟、禅窟、僧房窟、廪窟、影窟和瘗窟等形制，还有一些佛塔。窟型最大的高40余米、宽30米见方，最小者高不足盈尺。从早期石窟所保留下来的中心塔柱式这一外来形式的窟型，反映了古代艺术家在消化吸收外来艺术的同时，发展了中国石窟建筑的民族形式，其中不少是现存古建筑的杰作。此外，石窟还保存有较为完整的唐代、宋代木质结构窟檐，这是不可多得的木结构古建筑实物资料，具有极高的研究价值。

  彩塑作为敦煌艺术的主体，除南北大像是依山而建的石胎泥塑外,其余多为木架结构,存有佛像、菩萨像、弟子像以及天王、金刚、力士、神等。彩塑形式丰富多彩,有圆塑、浮塑、影塑、善业塑等。最高的34.5米,最小的仅2厘米左右(善业泥木石像)。其题材之丰富,手艺之高超,堪称佛教彩塑博物馆。17窟的唐代河西都统肖像及其塑像后绘有持杖近侍等惟妙

惟肖,把塑像与壁画融为一体,是中国最早的高僧写实真像之一,具有很高的历史和艺术价值。

　　石窟壁画富丽多彩,各种各样的佛经故事,山川景物,亭台楼阁等建筑画、山水画、花卉图案、飞天佛像以及当时劳动人民进行生产的各种场面等,十分雄伟瑰丽,是十六国至清代1500多年的民俗风貌和历史变迁的艺术再现。各个朝代的壁画表现出不同的绘画风格,反映出中国封建社会的政治、经济和文化状况,为中国古代史研究提供了珍贵的形象史料。在大量的壁画艺术中,还可以发现古代艺术家们在民族化的基础上,吸取了伊朗、印度、希腊等国古代艺术之长,反映了中华文明"海纳百川"的气象。

　　莫高窟的艺术特点主要表现在建筑、塑像和壁画三者的有机结合上。窟形建制分为禅窟、殿堂窟、塔庙窟、穹隆顶窟、影窟等多种形制;彩塑分圆塑、浮塑、影塑、善业塑等;壁画类别分尊像画、经变画、故事画、佛教史迹画、建筑画、山水画、供养画、动物画、装饰画等不同内容,系统反映了十六国、北魏、西魏、北周、隋、唐、五

代、宋、西夏、元等 10 多个朝代及东西方文化交流的各个方面，成为人类稀有的文化宝藏。

莫高窟的洞窟四壁尽是与佛教有关的壁画和彩塑，肃穆的佛影、飘舞的飞天……神秘庄严的气氛，令人屏声敛息。最引人注目的，要数其中数量庞大、技艺精湛的壁画艺术。飞天是侍奉佛陀和帝释天的神，能歌善舞。墙壁之上，飞天在无边无际的茫茫宇宙中飘舞，有的手捧莲蕾，直冲云霄；有的从空中俯冲下来，势若流星；有的穿过重楼高阁，宛如游龙；有的则随风悠悠漫卷。画家用那特有的蜿蜒曲折的长线、舒展和谐的意趣，为人们打造了一个优美而空灵的想象世界。

敦煌莫高窟的开凿，既是文化交流的产物，也反映了丝路沿线城镇经济的发展与繁荣。建造如此规模庞大的石窟群，须花费巨大的财力和物力。尽管它是一个长期形成的结果，而每一时期的建造花费都是不能小觑的。这显然是繁荣发达的丝路经济为石窟的开凿奠定了物质基础。这个庞大的石窟群主要开凿于丝路畅通之时，丝路衰落之后石窟建造也随之衰替不振了，这应该就是最有力的证明。

凡到敦煌来的，主要是看莫高窟。可是，这里每天最大的接待能力是 6000 多人，都是网上订票，许多人都是两个月前就开始订票了。我们去的时候正是旅游旺季，每天的游客多达 1 万人，一些网上没有订到票的，就没法进莫高窟参观了。为解决这个问题，莫高窟景区每天让没票的游客排队到应急窗口凭身份证购票，然后到 10 千米外的应急候车厅排队，再坐旅游大巴进去参观。我们没有在网上订票，当然也不例外，一大早同行的摄影师小郭就去排队了，还算不错，终于买到了 10 点半那场的应急票。

当地的一位朋友告诉我们，据统计，2016 年 1 至 7 月份，敦煌市累计接待游客 346.49 万人次，同比增长 38.68%；旅游收入达到 33.45 亿元，同比增长 41.21%。我为敦煌旅游业的快速发展而高兴，但同时也不免生出一丝担忧，那么多的游客参观，对如何保护好这个佛教文化的瑰宝，无疑提出了新的挑战。

余秋雨先生说："莫高窟可以傲视异邦古迹的地方，就在于它是一千多年的层层累聚。看莫高窟，不是看死了一千年的标本，而是看活了一千年的生命。一千年而始终活着，血脉畅通、呼吸匀停，这是一种何等壮阔的生命！一代又一代艺术家前呼后拥向我们走来，每个艺术家又牵连着喧闹的背景，在这里举行着横跨千年的游行。纷杂的衣饰使我们眼花缭乱，呼呼的旌旗使我们满耳轰鸣。"希望莫高窟能焕发出永不褪色的光彩，展现一种活泼灵动的生命力，使更多来到这里的游客都能从敦煌莫高窟感受到中华文明生生不息的源头活水。

  我们参观的那天，沙尘蔽日，气候干燥，莫高窟景点周边的风很大，游客的热情似乎更增加了炽热天气的温度，路边的温度计显示，地表温度已超过了40度。如今景区建起了游客中心和各种服务设施，特别是配备了游览导游，还有介绍重要洞窟资讯的二维码，只要扫一扫，就可以获得图文并茂的信息。在临时搭建的游客等候大巴车的亭子里，还不时有降温补水的喷雾，使人感受到一丝丝凉意。好在从等候亭到景点的旅游大巴比较多，我们等了不久，就登上了大巴车。

  因为是应急通道，与网上购票的游客不同，我们只能在94、96、100和120号这4个大洞窟里匆匆浏览一遍。工作人员只是在外面简单介绍一下，就用喇叭连连催促游客不要停留和照相。我们只好随着摩肩接踵的游客人流匆匆而过，既没看清一些经典的塑像，也没能细看精美的壁画，只在洞窟外面照了几张相片留念。站在莫高窟的石碑前，我向人满为患的莫高窟，投去一瞥略带遗憾的回望……

六 梦幻山泉寻三宝

在敦煌城南几千米处，有一处山泉共处的胜景，这就是沙水同生的鸣沙山和月牙泉。

进入景区，迎面有一块石碑，上面镌刻着已故书法家启功老先生写的"鸣沙山月牙泉"6个大字。鸣沙山月牙泉大门的内侧，门上高悬"秀水奇山"的匾额。这里的鸣沙山、三危山，还有祁连山，都是名闻遐迩的奇山；说到秀水，就是指宕河（也叫党河）。两侧的对联镌刻着书法家沈鹏的墨宝："不必石峰高，沙碛亦曾鸣雅韵；漫云泉影细，澄波偏可印前身。"

傍晚时分，我们来到鸣沙山，感受到沙漠那种高低起伏的弧度和流线型的轮廓，犹如人体凹凸有致的曲线一样美妙，还仿佛泛出少女

健康的皮肤色泽，美得令人心醉。游客们骑上骆驼，前面一个人牵着缰绳，排成一行走去，夕阳下的沙丘上映出驼队的剪影，微风送来阵阵驼铃声，令人沉浸在穿越时空的遐想中，仿佛千年前的商旅驼队，正从远方的大漠丝路上走来……

收回飞向古代的思绪，远远望见一个个穿着五颜六色运动服的年轻人，乘坐着滑沙板，飞流直下，如高山放舟，在沙坡上划出一条条漂亮的直线。突然，蓝天白云之间出现几架滑翔机，一会排成人字，一会排成一字，犹如雄鹰在沙漠上空盘旋翱翔。

来到鸣沙山下，穿过一座仿唐风格的鸣月阁，就是神奇的月牙泉。酷似一弯新月的清泉，在四面流沙的包围中，千百年来不枯不竭。月牙泉边的古柳、胡杨生生不息，已经有百余年的历史，默默见证着一泓清泉的奇迹。虽然风吹沙飞，但沙子从来不会落在泉水中。这是为什么呢？据说，沙山南北高，中间低，自东吹进环山洼地的风会向上方走，风力作用下的沙子总是沿山梁和沙面向上卷，因而沙子不会刮到泉水里，沙山也总是保持如脊似刃的形状，从而形成了沙泉共存的奇景。

据导游介绍，月牙泉在上世纪 50 年代时，水面东西长 218 米，南北最宽处 54 米，平均水深 5 米，最深处 7 米有余。月牙泉之所以能够形成，是与地下暗河的渗透分不开的。后来，月牙泉出现过连续多年的水位下降，近年来，由于加强了周边环境的治理，水位才逐渐恢复，并保持在 1.5—2 米，甚至时常会出现泉水上涨溢出围栏的景象。

这里有三大奥秘：一是鸣沙山千古如旧，二是月泉清流不断，三是"三宝"神奇无限。说起月牙泉的"三宝"，就是五色沙、七星草、铁背鱼。五色沙到处都有，随处可见。传说中的七星草就是生长在月牙泉南岸的小花罗布红麻，它是一种功效独特的保健中草药，具有延缓衰老功能，每年 6—7 月小花盛开，恰似夜幕中的点点繁星。而铁背鱼被当地老百姓奉为神鱼。月牙泉流传着一个关于铁背鱼的传说。有一天，不知道从哪里来了一个歪眼斜嘴还驼背的人，大家叫他罗锅娃。他远看像一个老头儿，近看却只有 20 多岁。罗锅娃来到月牙泉，

想在此出家修行，可住持看到他的外貌，就摇着头让他到别的地方去。最后，神沙观的刘老道可怜他，便让他留了下来。刘老道好奇地问他：怎么会得这种病的？又是为什么会来到这里？罗锅娃说："我18岁那年，帮人家掏井，下去一挖就是多半天，后来，我的掌柜为了省钱，硬是让我独自挖那口井，不到3个月我就病倒了。一开始时嘴歪了，没多久背也驼了，腰更酸痛得受不了。掌柜见我无法工作，便把我赶了出来。后来我曾遇上一个精通医道的先生，他帮我医治却不见效。最后先生对我说：你这种怪病只有找到月牙泉，那里有一种铁背鱼也许能治好这种病。但你如果在25岁以前还找不到这种鱼，性命就难保了。我历尽千辛万苦，终于来到了这里。"

刘老道听完后说道："你刚到这里可能还不知道，谁都不能动泉水中的那些鱼！无论大寺院还是小庙宇，老百姓还是出家人，都不许捕食铁背鱼，因为大家都把它当做神泉里的神鱼。如果让雷音寺的住持知道你想捕食神鱼就了不得了，吃了它会遭到五雷击顶，这可是家喻户晓的呀。"

罗锅娃心想：虽然师父这么说，但我今年已经24岁了，好不容易才能找到这救命的鱼，若不让我捞，那一切都完了！看来师父难以说通，还得自己找机会。几天后，雷音寺的住持被一家大户请去做道场，人手不够，刘老道也被叫去了。他们一走就是20多天。大小寺院的人全走了，泉上很清静。罗锅娃心里很高兴，认为这是个大好机会。

这天晚上，罗锅娃到泉里捞了半桶鱼回来，一回到住处便把鱼煮了。他想：这鱼若果真有毒，吃了会要人命的。但我得了这种怪病，人不像人鬼不像鬼的，就是不吃，也难保性命。反正都得一死，那就试试看吧，说不定运气好，还能捞回一条命！一会儿，他就把鱼全吃光了。第二天罗锅娃睡醒起来，看到自己还活着，惊喜万分。他站起来伸了个懒腰，只听到浑身关节噼噼啪啪作响，腿也不疼了，腰也不酸了，手也变得灵活了，脚也轻快极了。他高兴极了，从此每天晚上捞鱼煮了吃。7天以后，他眼不歪，嘴不斜了；又吃了7天，背也直了；21天后，一个红光满面、英俊潇洒的年轻人站在了刘老道面前。

刘老道听罗锅娃如此说了后，也吃了几口鱼，感觉就像喝了人参大补汤，红光满面的，浑身上下有使不完的劲儿，关节也一点不疼了，以前的白头发通通变得又黑又亮，好像年轻了几十岁。他笑呵呵地说道：以前身在这里竟然不识宝，只知七星草能催生，但不知这铁背鱼也能治病哩。罗锅娃对刘老道说：师父，那咱们以后就用这铁背鱼给大家治病吧。

从此，刘老道便带着罗锅娃，用月牙泉的铁背鱼为众人治病，药到病除，非常灵验。这消息一下就传开了，人们纷纷到月牙泉捞鱼，寺庙的住持与弟子们哪里能挡住络绎不绝的人群。住持转念一想：这不也是个捞钱的好机会吗？就派弟子守在泉边，谁若想捞鱼治病，就必须拿钱来买。贪心的住持后来就把铁背鱼当成了摇钱树，鱼越卖越贵。说来也怪，铁背鱼一卖钱后，治病就不灵了，价钱越高，越治不了病，渐渐地再也没有人拿它来治病了。

也许因为这个传说，就曾经有人偷偷来捕捞铁背鱼，一度很难见到它了。近些年来，随着月牙泉周边环境的治理，生态越来越好，铁背鱼也越来越多，时常出现鱼群浮出水面的壮观场面。说来真幸运，

当我们走到湖边，在夕阳的辉映下，只见一尺多长的铁背鱼群和蝌蚪大小的幼鱼正在水中相贯游弋，惹得游人们惊喜不已，纷纷按下了手机的快门。

"山以灵而故鸣，水以神而益秀。"鸣沙山和月牙泉，犹如戈壁大漠中的一对孪生姐妹。登上沙坡顶回望，鸣沙山宛如两条伸展的沙臂，围护着月牙泉；清澈如镜的月牙泉，宛如沙海中一颗晶莹剔透的翡翠，镶嵌在沙山群峰之中。 我们来到月牙泉北岸，望着沙丘下的亭台楼阁和月牙泉，顿生"鸣沙山听韵，月牙泉洗尘"之感。

七 远眺瓦罕走廊

经过弯弯曲曲的便道，翻越一座座崇山峻岭，我们来到了帕米尔高原的达塔什库尔干河的河岸。在中国古书中，帕米尔高原被称为葱岭，据说是因为高原上生长着一簇簇绿色的野葱而得名。葱岭，听上去富有诗意，实际上它却是高山和冰川雕刻成的沟壑峡谷，属于高寒缺氧的生命禁区，每年除了六、七、八这三个月外，都是白雪皑皑，农作物无法生长，当地许多人一辈子都没有见过一棵树。

这天，乌云笼罩着山峰，河谷里的风很大，蒙蒙细雨打在脸上还挺疼的。陪同的朋友指着前面一块挺开阔的牧场和远处的山谷说，那条河谷就是著名瓦罕走廊。他说，到了九月份以后，这里将全被冰雪覆盖，从山谷里刮出的大风，甚至可以把羊吹到半空中。

瓦罕走廊,是中国西部边陲一条充满着神奇色彩又令人向往的通道,它位于帕米尔高原的南端和兴都库什山脉北部的一个狭长的山谷,整个走廊东西长大约有400多千米,南北最窄处仅15千米,最宽处约75千米,平均海拔4500米以上。由于地质构造挤压和断块抬升,在帕米尔高原造就了一系列高大山体,冰川谷地以及挤压形成的地壳薄弱的地方,是河流发育的天然温床。每一个河谷的分水岭都形成一个"达坂",非常有利于人群和大规模商队从东向西或者从西向东穿越。"达坂",在维语和蒙语中的意思就是高高的山口和盘山公路,每一个"达坂"都是僧人和商队行走的线路,河流穿越的山谷曾经是文化与物资的双重交流的走廊。我站在这条横亘在帕米尔高原上的"天路"边,想象着当年它作为古丝路的重要组成部分,我们的先人们是经历了怎样的艰辛和悲苦,才一步一步踏出这条通道,使华夏文明与印度文明、中亚文明、波斯文明和欧洲文明得以沟通,由此演绎出东西方文化碰撞交融的传世盛景。

听朋友介绍,在瓦罕走廊上除了"高僧经行碑",还立有多位著名历史人物途中经行处的碑石。其中一块刻有"大唐将军高仙芝经行处"的石碑,是中国社科院考古所新疆考古队与塔县政府一起立的。唐朝时,葱岭这块主要有两个国家,叫大小勃律。小勃律原为唐属国,是地处青藏高原的吐蕃通往安西四镇的交通要道。吐蕃赞普把公主嫁给小勃律王苏失利之为妻,小勃律国遂归附于吐蕃,吐蕃进而控制了西北各国,"西北二十余国皆臣吐蕃",中断了对唐朝的朝贡。唐几任安西节度使数次派兵讨伐,因地势险要,加之吐蕃进行援助,皆无功而返。公元747年唐玄宗下诏以安西副都护、都知兵马使、充四镇节度副使高仙芝为行营节度使,率军万人,征讨小勃律。大军从安西出发,一路西行,经阿克苏到达喀什,挥军南下,经过百余日的跋山涉水,踏上葱岭,历经千辛万苦,但由于高仙芝准备充分,智谋过人,最终兵分三路,会攻吐蕃于中亚,取得了胜利,唐军声威大震,拂菻、大食诸胡七十二国都震惊投降归附了,唐朝重新掌握了对丝绸之路的控制权,安西大都护府的辖区一直延伸到如今的中亚。西方一

些学者认为,这位高句丽名将,能够带着数目不少的军队,在行军如此困难的地方打胜仗,实在可以和翻越阿尔卑斯山的西方名将汉尼拔、拿破仑、苏沃洛夫等相媲美。有学者认为,高仙芝对历史的影响远不止于此。在公元751年,他出兵中亚时,在怛逻斯城被依附于大食(阿拉伯帝国)的军队打败。正是这场败仗,唐军中的一批工匠、士兵被俘虏到阿拉伯国家,中国的造纸术等技术也传播到了中亚西亚,进而传向亚欧大陆。

在瓦罕走廊上还有一块马可·波罗的碑。马可·波罗是西方第一位穿过瓦罕走廊的旅行家。大约在公元1272—1273年,马可·波罗经行这里,开始了对于中国的深度访问。在马可·波罗碑的不远处,可看到纯朴的柯尔克孜牧民赶着牛羊放牧于山水之间。这里是瓦罕走廊第一村——排依克村,也是我国塔什库尔干塔吉克自治县唯一一个柯尔克孜民族的村庄。据说,马可·波罗17岁时,跟随父亲和叔叔前往中国,历时3年多,于1275年到达元朝的首都,与大汗忽必烈建立了友谊。他在中国游历了17年,曾访问当时中国的许多古城,到过西南部的云南和东南地区。回到威尼斯之后,马可·波罗在一次威尼斯和热那亚之间的海战中被俘，在监狱里口述旅行经历，由狱友鲁斯蒂谦写出《马可·波罗游记》（又名《马可·波罗行记》或《东方见闻录》），记述了马可·波罗在东方最富有的国家中国的所见所闻，后来在欧洲广为流传，激起了欧洲人对东方的热烈向往，它对以后新航路的开辟产生了巨大的影响。同时，西方地理学家还根据书中的描述，绘制了早期的世界地图。

古往今来，瓦罕走廊一直是兵家必争之地。早在公元前6世纪中后期，这里是兴起于伊朗高原的西南部的古波斯帝国（前550—前330）极东部地区，公元前4世纪，来自欧洲东南部的巴尔干半岛的马其顿亚历山大东征中亚、南亚时也是绕过这里到达印度西北部的。瓦罕走廊曾属中国管辖，19世纪末，由于沙俄的侵略扩张，中俄两国曾在包括瓦罕走廊在内的整个帕米尔高原发生争端。与此同时，俄、英两大帝国由于在中亚争夺势力范围，也不断在阿富汗地区发生冲突。为避免进一步的冲突，1895年，英、俄抛开了中国与阿富汗这两个最重要的当事国，签订了《关于帕米尔地区势力范围的协议》，不但划定两国在帕米尔的势力分界线，而且将兴都库什山北麓与帕米尔南缘之间的狭长地带划作两国间的"隔离带"，即"缓冲地带"。全长约400多千米的瓦罕走廊，在我国境内仅剩下90多千米，其余300多千米都在阿富汗境内，是我国与阿富汗之间的唯一陆上通道。1963年11月，中阿两国签订了《边界条约》，正式划定了两国在瓦罕走廊的边界线。依照该协议，两国边界线南起海拔5630米的雪峰，北至海拔5698米的克克拉去考勒雪峰。这里成为全球时差最悬殊的陆地边境（中国和阿富汗相差3个半时区），也是世界上海拔最高的陆地边境之一。如今在中国段大约2500平方千米的辖区内，有10多个山口分别通向阿富汗、塔吉克斯坦和巴基斯坦三国，因此，瓦罕走廊也就有了"鸡鸣四国走廊"之称。从2001年阿富汗战争爆发，到美国曾经要借道瓦罕走廊，以及相继发生的诸多事端，引起了国内外各方人士对这条走廊的高度关注。因为周边战乱和动荡造成的特殊安全威胁，塔县境内的瓦罕走廊一直是中国边境非开放的区域。目前，边防

武警和边防部队在这里戍边的任务,就是要守住瓦罕走廊,绝不让恐怖主义等动乱、暴力和罪恶的势力以及枪支、毒品等从边界流入。

　　站在奔流不息的达塔什库尔干河的河边,远眺只有雄鹰才能飞越的瓦罕走廊,我想,这千百年来,商旅驼队和僧侣、传教士一直绵延不绝地在这条路上行走着,创造了我们无法想象的人间奇迹。不得不感慨不同文明交流的力量,竟然是如此强大!约92千米长的中国和阿富汗边界线,形如一个倒弯钩,从地图上看,就像一个问号横卧在瓦罕走廊深处,那里似乎隐藏着很多未知未解之谜。推动不同文明对话的原因究竟是什么?是探险寻秘、商贸利益,还是宗教传播、征伐战争?也许最根本的因素,是人们对外部世界探究的渴望。随着"一带一路"战略的实施,周边国家面临全方位合作的机遇,如今的瓦罕走廊,犹如逐渐揭开了神秘的面纱,使这条上千年的丝路古道不再沉寂……

八　佛教传入中国的通道

从某种意义上说，瓦罕走廊就是一条佛教传入中国的通道。源于印度的佛教，在东汉时期就传到了中国；源于西亚的祆教，又称拜火教，于南北朝时期传入内地；至隋唐时期，又有景教、摩尼教、伊斯兰教先后传入中国。这些外来宗教与中国的道教并存，形成了宗教多元发展、竞相传播的繁荣景象。特别是佛教，在中国的影响最大，信众最多，也在中国境内留下了大量的佛教文化遗存。其中最典型的就是一些影响至今的大型石窟寺和大型寺院、寺塔等建筑。如大家所熟知的敦煌莫高窟、洛阳龙门石窟、大同云冈石窟、天水麦积山石窟等，佛寺还形成了中国四大名山的佛寺群，一般的佛寺更是处处有之。

在瓦罕走廊岔口的高坡上一个被当地人称为"三立石"的地方，有一块巨石雕刻成的高僧经行碑。这里是东行传法第一人安世高、东晋高僧法显和大唐高僧玄奘三位高僧经行处。旁边还立有三块木牌，分别写着这三个人的生平简介。佛教是从印度传到中国来的，但最早来到中国的不是印度僧人，而是中亚地区的僧人，比如大月氏国或安息国的僧人。佛教传到中国有个过程，前后将近1000余年，唐代是一个高峰，到宋代才基本结束。

多数人对玄奘取经的故事比较熟悉，其实安息高僧安世高和东晋高僧法显西行求佛的故事比玄奘更早，影响也丝毫不弱。在山口的石碑上，列在第一位的当属高僧安世高，他是把佛教带到中国的第一人，也是传法东行第一人。佛教进入中国，是从他开始。安世高本名为清，字世高，以字行，原为亚洲西部的古安息国（领土在伊朗高原与两河流域）太子，是到中国传播说一切有部阿毗昙学说和禅法的第一位外籍僧人。他自幼信奉佛教，当其将即位时，出家修道，让位给

他的叔叔，一心弘扬佛法。他自小聪明仁孝，刻苦好学，博览国内外典籍，通晓天文、地理、占卜、推步等术，尤精于医学，乃至鸟兽之声，无不通达，名声远播，西域各国对他都很敬重。印度佛教在中国最初的传播，都是西域来华僧人。安世高可以说是佛经汉译的创始人，他于东汉建和元年（147年）到达洛阳，发现佛教的信奉者大多把佛教当成是一种神仙方术，把佛当成是祭祀的对象，焚香膜拜，祈求长生。安世高到了洛阳不久即通晓汉语，决心译述佛经，让人们更好地了解佛教，前后共译佛经三十五部四十一卷，主要是小乘系的佛经，这比大唐高僧玄奘早了差不多500来年。

东晋僧人法显是中国佛教史上的一位名僧，是中国第一位到海外取经求法的大师，杰出的旅行家和翻译家。早在公元399年，法显鉴于经律奇缺，率信徒10人从长安出发，经西域至天竺，游历30多个国家，收集了大批梵文佛典，前后历时14年，再乘商船东归，中途经耶婆提（今苏门答腊岛或爪哇岛），换船北航。在今山东半岛南部的崂山附近登陆，转取陆路，于义熙九年（413年）辗转到达建康（今南京），应该是海上丝路的先行者。法显东归后潜心翻译从天竺取回的佛经《摩诃僧祇律》《大般泥洹经》等，对大乘教义发展和顿悟学说的兴起起到了重要作用。义熙十年（414 年），他还写出远赴天竺的旅行经过，两年后增补为流传至今的《法显传》（也叫《佛国记》）。法显在书中描述了西行途径瓦罕走廊的情景："西度沙河，上无飞鸟，下无走兽，四顾茫茫，莫测所之，唯视日以准东西，人骨以标行路耳。屡有热风、恶鬼，遇之必死。显任缘委命，直过险难。有顷，至葱岭。岭冬夏种雪，有恶龙吐毒风，雨沙砾。山路艰危，壁立千仞。昔有人凿石通路，傍施梯道。凡度七百余梯，又蹑悬絙过河数十余处。"

也许是《西游记》的缘故，唐僧在中国和东南亚成为家喻户晓的传奇人物。80 多岁高龄的著名学者冯其庸，多次进入帕米尔高原，考察玄奘东归的古道。经过对汉唐遗迹、沿途景观和历史文献进行比较研究，基本跟玄奘所记载的情节和地点相吻合，由此确认玄奘东归时，经由帕米尔高原的瓦罕走廊，通过明铁盖达坂进入今日中国国境。玄奘，俗家姓名叫陈祎，是法相宗创始人，被尊称为"三藏法师"，后世俗称"唐僧"，与鸠摩罗什、真谛并称为中国佛教三大翻译家。公元 627 年，玄奘为探究佛教各派学说分歧，启程赴天竺（古印度）那烂陀寺求法，先走河西走廊，因未经朝廷批准，"冒越宪章，私往天竺"，经兰州到凉州（姑臧），昼伏夜行，至瓜州被官方追羁，后经玉门关，越过五烽，渡流沙，备尝艰苦，抵达伊吾（今哈密），至高昌国，后转道屈支（今新疆库车）、凌山（耶木素尔岭）、素叶城、迦毕试国、赤建国（今塔吉克斯坦塔什干）、飒秣建国（今乌兹别克斯坦撒马尔罕城之东）、葱岭、铁门。到达货罗国故地（今葱岭西、乌浒河南一带）。南下经缚喝国（今阿富汗北境巴尔赫）、揭职国（今阿富汗加兹地方）、大雪山、梵衍那国（今阿富汗之巴米扬）、犍双罗国（今巴基斯坦白沙瓦及其毗连的阿富汗东部一带）、乌伏那国（今巴基斯坦之斯瓦特地区），到达迦湿弥罗国。又几经周折磨难，终于到了抵摩揭陀国的那烂陀寺受学于戒贤。

玄奘前后 17 年学遍了当时的大小乘各种学说，求得佛法真经，于公元 643 年，玄奘启程回国，将佛舍利 150 粒、佛像 7 尊、经论

657部带回中土。贞观十九年（645年）正月，玄奘到达长安。这时，唐太宗为了辽东战役，已驻跸洛阳。太宗诏令玄奘去洛阳，接见并褒奖了他。太宗和高宗曾多次规劝玄奘弃佛还俗，共谋朝政，玄奘力陈"守戒缁门，阐扬遗法，此其愿也"。后来在唐太宗的支持下，玄奘在长安设立译经院（国立翻译院），还在长安弘福寺组织译场，其后又在大慈恩寺、北阙弘法院、玉华宫等处举行，参与译经的弟子来自全国以及东亚诸国。此后的20年中，玄奘把全部的心血和智慧奉献给了译经事业。在助手们的协助下，共译出佛教经论74部，共1335卷，每卷万字左右，合计1335万字，占去整个唐代译经总数的一半以上，相当于中国历史上另外三大翻译家译经总数的一倍多，而且在质量上大大超越前人，成为翻译史上的杰出典范。

在译经讲法之余，玄奘还亲自口授，由弟子辩机执笔完成了著名的《大唐西域记》一书，全面记载了他游学异国的所见所闻。这本书至今仍是人们研究印度、尼泊尔、巴基斯坦、孟加拉等国古代历史地理的珍贵典籍。《大唐西域记》像一把火炬，照亮了印度尘封已久的真实历史。1300年后，英国考古学者和印度学者一道，手持英译本《大唐西域记》，在古老的印度大地上按图索骥，陆续发掘出鹿野苑、菩提伽耶、拘尸那迦、蓝毗尼等众多佛教圣地和数不清的古迹，甚至现今印度的国家象征——阿育王柱的柱头，也是根据这本详细的史料发掘出来的，使中世纪印度的历史从此得以重见天日。印度历史学家阿里曾经这样评价："如果没有玄奘等人的著作，重建印度史是完全不可能的。"

佛教自汉代传入中国至今已近2000年，深刻影响着中国的传统思想和文化。历史上真实的佛教绝不是一种孤立的信仰，它一直与不同时代、不同地区的各种哲学思想、民间的风俗习惯、社会道德乃至政治经济、文学艺术等结合在一起。中国佛教虽然与印度佛教有渊源和继承关系，但佛教传入中国后，就逐步结合中国社会历史的特点，接受着中国思想和文化的影响和改造，然后才得到广泛的传播和发展，并产生了大量不同于印度佛教的精神和新面貌。佛法在印度，小乘虽有部执之分，大乘虽有空有之辩，却并未立许多门户；到中国后，才宗派繁兴。中国佛教出现过许多派别，主要有八宗。一是三论宗又名法性宗，二是瑜伽宗又名法相宗，三是天台宗，四是贤首宗又名华严宗，五是禅宗，六是净土宗，七是律宗，八是密宗又名真言宗。这就是通常所说的性、相、台、贤、禅、净、律、密八大宗派。中国佛教在不同的社会历史时期具有不同的特点，成为中国文化思想不可分割的一部分。

　　站在瓦罕走廊的山口，我一直在思考一个问题：是先有汉代正式开通的丝路经济文化通道，还是先有西域各民族、中亚各国家之间的互动和交流？通过对古丝路遗址和大量考古出土文物的参观考察，我了解到，在距今8000年到3500年前，无论是源于我国的玉器、陶器、小米的早期对外传播，还是小麦、黄牛、绵羊和冶金术等自西亚传入中国，无不表明中华文明是土生土长的原生文明，但华夏的史前文明也并不是孤立的，而是早已与外部文明保持着互动、互鉴、互融的多元性。由此可见，早在丝路"凿空"之前，特别是史前华夏的西域与中亚乃至欧洲各国的边界并不是非常明确和封闭的，应该相互之间的往来是比较开放与自由的，各聚落各种族各疆域之间，你中有我，我中有你，至少已有了数千年之久的广泛而深入的互相交融。真可谓是：人类的文明往往因交流而多彩，因互鉴而丰富，因包容而博大，因融合而久远。

九　西域何处是瑶池

我们来到新疆的昆仑山上,不由得想起了传说中的王母娘娘和瑶池。传说每年蟠桃成熟之际,王母娘娘就会邀请各路神仙,在瑶池举行蟠桃盛会。据史书记载,公元前 10 世纪,周穆王"驾八骏,率六师,西巡狩,至于崑山、珠泽、昆仑之丘,七百里"。我觉得,3000 多年前,穆天子驾 8 匹日行 3 万里的骏马,由镐京出发,千里迢迢,沿天山来到昆仑瑶池,恐怕不仅仅是巡狩,一定是为了去会见王母娘娘的。

王母娘娘,史书称"西王母",是远古时期中亚地区一个母系氏族部落的首领。我国有关西王母最早的文献,是形成于战国时期的《穆天子传》和《山海经》。《穆天子传》叙述的是我国西周时期的第

五代国王姬满在周穆王十三年（公元前989年）游历中亚的故事。

周穆王姬满西游，是我国有文字记载的最早的旅行探险活动。姬满堪称中国最早的旅行家，《穆天子传》则是我国最早的游记。郭沫若说，《穆天子传》的传神之处就是"把当时我国西北地区各族人民以及和中亚地区各族人民之间的友好情谊通过周穆王西行形象地表现出来了"。6卷《穆天子传》，前4卷记述姬满的西方远游，自宗周出发，渡黄河，逾太行，涉滹沱，出雁门，抵包头，过贺兰山，穿鄂尔图期沙漠，经凉州至天山东麓的巴里坤湖，再走天山南路，到新疆和田河、叶尔羌河一带。又北行1000余千米，到"飞鸟之所解羽"的"西北大旷原"，即中亚地区。回国时走天山北路。这是我国东西陆路交通史上的大事，姬满是我国旅游的开拓者。5、6两卷，则叙述姬满两次向东的旅游经历。穆天子西游时，与沿途各民族进行频繁的物资交流，如珠泽人"献白玉石……食马三百，牛羊二千"；穆天子赐"黄金环三五，朱带贝饰三十，工布之四"等。从这些记载中，可以看到当时物资交换的情形。

传说中，当西周天子周穆王和他的卫队到来时，盛装以待的西王母站在瑶池边上，以最隆重的部落礼节迎接来自远方的尊贵客人。瑶池如镜，绿草如茵，人们"吹笙鼓簧，中心翱翔"。周穆王将随行带来的大量丝织品和圭、璧等珍贵礼物送给西王母，主人则捧出各色丰盛的西域名肴、特产奶酒和葡萄酒盛情款待。瑶池"神池浩渺，如天镜浮空"的奇异风光，使周穆王如痴如醉，乐而忘归。

欢乐的日子总是特别短暂，周穆王要东归回国了，西王母举行了盛大的告别宴会。席上庄重健美的西王母离席起舞，用如行云流水般婉转的歌声唱道："白云在天，山陵自出。道里悠远，山川间之。将子无死，尚能复来。"周穆王郑重举酒，即席唱和："予归东土，和洽诸夏。万民平均，吾顾见汝。比及三年，将复而野。"周穆王以3年为期相约后，与西王母依依惜别。周穆王临走前还亲手栽下一棵槐树，立了一块石碑，上刻"西王母之山"5个大字。

唐代大诗人李商隐曾写诗对此情景作了生动的描述："瑶池阿母

绮窗开，黄竹歌声动地哀。八骏日行三万里，穆王何事不重来。"意思是说，瑶池西王母把绮窗打开，黄竹哀怨的歌声响遍尘埃。8匹骏马能够日行3万里，周穆王因为什么事不再来？特别是第二句借黄竹歌声暗示穆王已死。在这首忧郁悲伤的诗中，诗人的用意完全融化在西王母的动作和心理描写中，以具体生动的形象来表露，构思极为巧妙。李商隐所演绎的这种悲哀情愫深深打动着人们的心灵。因而后人对西王母的兴趣一直是有增无减。西王母的部落和瑶池具体在今天的什么地方，一直引人注目。

　　自古以来，许多诗人留下了描写瑶池的诗句："瑶池仙境世绝殊，天上人间遍寻无"；"一池碧水似玉汁，可消千古游子愁"；"月出通天柱，神池载地灵"。瑶池，人们一般将其看做"天池"，但许多地方都有"天池"，究竟哪里是穆天子与西王母相会的瑶池呢？自古以来，人们一直在执著地探寻这个神秘瑶池的所在地。

　　日本学者小川琢治认为："瑶池是湖水之所在地。接巴里坤旁，有巴尔库勒淖尔，为汉代之蒲类海。"早在1931年，顾实在《穆天子传西征讲疏》中认为："瑶池，当在第西兰之南。有一湖，波斯语曰DaYia-j-hamxk，义言王之海也。"他所说的应是伊朗首都德黑兰南部的纳马克湖。1967年，巴挺生在《穆天子传今考》中认为："瑶池亦可能昔有而今无之人造池，不足异也。"1994年，华东师范大学出版社出版的王贻梁、陈建敏的《穆天子传汇校集释》中说："瑶池盖即今之博斯腾湖。"同年，新疆美术出版社出版的《草原丝绸之路与中亚文明》一书则认为，瑶池可能是哈萨克斯坦境内的斋桑泊。与此同时，还有很多专家学者认为，瑶池是新疆阜康的天池、青海的青海湖或中亚的咸海等等。

　　这次在新疆农三师，见到了师副政委张新辉和喀什的作协主席谢家贵。张副政委说，谢家贵是湖南籍的苗族干部，写过小说、报告文学、散文等，在当地是个很有名作家。当我问起瑶池究竟在哪里，谢家贵很肯定地说，瑶池就在图木舒克。他说，图木舒克的山顶上，有一座很大的天池，神池浩渺，如天镜浮空，池中常年有水，旁有古

树，并伴生着丛丛芦苇。我说，像这样的天池在新疆应该很多，为什么你那么肯定呢？他说，据《山海经》记载，瑶池在"西海之南，流沙之滨，赤水之后，有大山名叫昆仑之丘。"西海就是罗布泊，流沙就是塔克拉玛干沙漠，黑水指的是叶尔羌河，赤水则是与叶尔羌河交汇的克孜勒河，就在今日的图木舒克境内。

听了谢家贵主席的一番话，我相信他所说的瑶池应该是有根据的。我查了一下《穆天子传》和《山海经》，发现穆天子到了昆仑山后，又到了一个叫"曹奴"的地方，据史家考证，"曹奴"就是汉代西域的疏勒国，今天的喀什噶尔。另外，图木舒克自古以来就地处交通要道，西王母选择在这里生活也就不足为奇了。穆天子恐怕不会翻山越岭到车马不通的地方去与西王母相会吧？

古往今来，并没有几个人见过真正的瑶池，但有多少文人墨客却乐此不疲地写诗著文，描写这个美好的传说故事。正如李白在《天马歌》中写道："请君赎献穆天子，游堪弄影舞天池。"吟诵着千古佳句，给人以无限遐想，西域何处是瑶池？由于我们的行程很紧，这次是不可能去图木舒克山看瑶池了，也许留点悬念，会有更多发挥想象的空间。

一〇 探秘戈壁古城

我们循着古丝路的足迹，走进荒漠戈壁去探寻湮没在历史烟尘中的一座座古城、一个个古烽燧和古驿站的遗址。从嘉峪关万里长城第一墩、玉门关的小方盘城，到瓜州的破城子、锁阳城；从巴里坤的大河唐城、吐鲁番交河故城、博乐青得里古城、伊犁惠远古城，到库车盐水沟关垒、克孜尔尕哈烽燧；从帕米尔高原的塔县石头城，到若羌的尼雅精绝国、且末古城；从瓦罕走廊中安世高、法显和玄奘经停处，到规模宏大、年代不同、跨文化的米兰古城遗址群……

每当我置身古城遗址，登高望远，大漠孤烟、长河落日的戈壁风光尽收眼底，依稀可以分辨出远方的古道逶迤、烽燧连绵，历史上的秦月汉关、唐城遗址就在脚下。站在关隘城头，眼前仿佛出现班超的金戈铁马、大唐安西府的巍峨雄姿，耳边似乎传来阵阵悠远的驼铃声，还有杜甫遥望的吟唱："莽莽万重山，孤城山谷间。无风云出塞，不夜月临关。属国归何晚，楼兰斩未还。烟尘独长望，衰飒正摧颜。"

来到嘉峪关，这是明代万里长城西端的起点，也是长城沿线建筑规模最壮观、保存最完整的一座古代军事关隘。远眺横穿沙漠戈壁长城，这里自古为河西首隘，是古代丝绸之路的交通要冲。长城第一墩，又称讨赖河墩，是嘉峪关西长城最南端的一座墩台，也是明代万里长城最西端的一座墩台。墩台由肃州兵备道李涵于明嘉靖十八年（1539）年监筑，北距关城 7.5 千米，矗立于讨赖河边近 56 米高的悬崖之上。在一万多华里的明长城沿线，墩台无数，密如繁星，而嘉峪关长城第一墩作为明长城西端的第一重关，与河北山海关渤海之滨的"老龙头"遥相呼应，共同构筑起长城之龙的首尾，成就了中华民族"龙"的美名。

当我们慕名找到锁阳城遗址时，一阵阵风沙袭来，真是飞沙走石，遮天蔽日，连汽车子都开不稳了。正如唐代诗人岑参的《走马川行奉送出师西征》诗中所描写的："君不见走马川行雪海边，平沙莽莽黄入天。轮台九月风夜吼，一川碎石大如斗，随风满地石乱走。"景区出于安全考虑，临时关闭了，所以我们未能进入遗址考察，只能在城外领略这个集古城址、古墓葬、古垦区等为一体的文化遗存地的千古雄姿了。

锁阳城遗址位于河西走廊上的瓜州县，也称"瓜州古城""苦峪城"，它作为丝绸之路咽喉上的一大古城，在古代河西地区的政治、文化、经济、军事活动中一直有着特殊的地位。史家认为，锁阳城及其周围分布的 6 处汉唐古城，其形制之复杂，年代之久远，保存之完整，遗存之丰富，为国内罕见。这里的古代军事防御系统和烽燧信息传递系统，是我国现有保存最为完好的典型范本。锁阳城按结构可分为内外两城，外城面积 80 万平方米；内城面积 28 万平方米。城墙为夯土版筑，底宽 7.5 米，顶宽 4.6 米，高 10 米，四角有角墩，结构极复杂；城内留有大量土台、房屋及其他建筑物遗迹，陶片、铜币也随处可见。锁阳城在汉代是敦煌郡冥安县治所，西晋为晋昌县，隋为常乐县，唐为瓜州郡。后历经战乱，明王室闭关后遭废弃。锁阳城之名缘于清代民间，因城周围有诸多甘甜味美的锁阳，后人因而名之为锁阳城。1992年,赵朴初先生在锁阳城参观考察后,曾写下了"安西一路树荫荫,留得瓜州作别名;济润焦枯生万物,西来始识雪山尊"的佳句。锁阳城遗址是丝路开通、发展、繁荣、衰退直至消失的历史见证。2014年6月22日,在卡塔尔多哈召开的联合国教科文组织第38届世界遗产委员会会议上,锁阳城遗址作为中国、哈萨克斯坦和吉尔吉斯斯坦三国联合申遗的"丝绸之路:长安-天山廊道的路网"中的一处遗址点,成功列入《世界遗产名录》。

走进被誉为"世界上最完美的废墟"的交河故城,它高踞于两条河流交汇的30米高的黄土台上,长约1650米,两端窄,中间最宽处约300米。从空中俯视,交河故城像一片大柳叶。作为世界上最古老、最大的生土建筑城市,它位于东天山南麓、吐鲁番盆地北缘的雅尔乃孜沟绿洲地带,南临也木什塔格山。它作为世界上最古老、最大的生土建筑城市,是我国200多年来保存最完整的都市遗迹,也是天山廊道上的世界遗产之一。交河城是公元前2世纪至5世纪由车师人开创和建造的,在南北朝和唐朝达到鼎盛,唐西域最高军政机构安西都护府最早就设在这里。交河城是公元前2世纪至5世纪由车师人开创和建造的,在南北朝和唐朝达到鼎盛。9至14世纪由于连年战火,逐渐衰落。元末察合台时期,吐鲁番一带连年战火,交河城毁损严重。14世纪蒙古贵族海都等叛军经过多年的残酷战争,先后攻破高昌,交河。同时,蒙古统治者还强迫当地居民放弃传统的佛教信仰改信伊斯兰教。精神与物质的双重打击下,交河终于走完了它生命的历程。由于吐鲁番干旱少雨,故城保存得非常完整,建筑全部由夯土版筑而成,形制布局则与唐代长安城相仿。城内市井、官署、佛寺、佛塔、街巷,以及作坊、民居、演兵场、藏兵壕、寺院佛龛中的泥菩萨,至今还可以找到。寺院占地5000多平方米,有汲水井一口,佛塔群有佛塔100多座。

张籍在《凉州词》中写道:"边城暮雨雁飞低,芦笋初生渐欲齐。无数铃声遥过碛,应驮白练到安西。"我们驱车来到塔什库尔干县城,北行数十米处,看到一座石头城建在高丘上,地势极为险峻。眼前展

现出石头城外多层或断或续的城垣，隔墙之间石丘重叠，乱石成堆。尽管这些断壁残垣已被风沙蚕食得只剩躯壳。我们沿着遗址的城墙徜徉，仍然可以感受到当年城堡居高临下、虎视眈眈的气势。

塔什库尔干石头城遗址地处帕米尔高原东部、喀喇昆仑山北部，作为新疆古道上的一个著名古城遗址，和辽宁石城、南京石城合称为我国著名的"三大石城"。它初建于汉代，毁于唐代晚期。我们走进这座只剩下残垣断壁的石头城遗址，但周边的雪峰、草滩、河流和浓郁的塔吉克民族风情，仍令人感受到粗犷豪放之美。这里，一直是商旅进入南亚、西亚贸易的隘口，也是古代丝绸之路发展兴衰的历史见证。石头城曾经是"蒲犁国"的王城，传说古时色勒库尔国有位出色的国王，他想修建一座宫室，供南来北往的商队歇脚。只是苦于没有办法，后来，国王按照一个过路的神秘老者的建议，下令让全国的百姓从塔什库尔干河一直到阿甫拉西雅布山上，排成行采挖和传送石块，经过120多天的昼夜苦干，先后运来了足够的石头和泥土，一座宽敞宏大的宫室也就是这座石头城终于建成了。唐朝统一西域后，这里设有葱岭守捉所。元朝初期，大兴土木扩建城郭，石头城旧貌换新颜。光绪年间，清朝在此建立蒲犁厅，对旧城堡又进行了修葺增补。

来到塔克拉玛干沙漠南部，我们按图索骥，找到了古代的绿洲城市——米兰古城的遗址。它坐落在罗布泊与阿尔金山脉的交会处，当

年的商队为了避免横跨塔克拉玛干大沙漠及塔里木盆地,往往会选择从米兰南北两边绕过。它作为丝绸之路南道上一个繁华的贸易中心,是进出中亚的重要通道,更是历代王朝经营西域的重要根据地。据史书记载,西汉时,此地为西域楼兰国之伊循城。汉昭帝元凤四年(公元前77年),鄯善王(古楼兰国)尉屠耆请求汉王朝派员到此屯田积谷,汉朝就派了1位司马和40位吏士屯田伊循。唐代时,此地为吐蕃所占,修建了一座军事堡垒,即遗存至今的古堡。古代米兰城遗址由汉代屯田水利工程设施和伊循城、魏晋时期的古建筑群和唐代吐蕃古戍堡等遗存所组成,保护范围达45.6平方千米。

米兰早期的文物遗迹可分为两类:一类是反映当时佛教活动的遗迹,即佛塔和佛寺;另一类是反映生产活动的遗迹,即灌溉水利渠。米兰晚期的文物遗迹主要有烽燧和戍堡遗迹。据《新旧唐书.吐蕃传》记载,唐初这一带原是吐谷浑部落活动的地区,公元638年吐蕃赞普弃宗弄赞发兵攻打吐谷浑,吐谷浑败逃青海北部,这一带遂为吐蕃势力统辖。从烽燧和戍堡的建筑结构、城内布局及出土文物分析来看,烽燧和戍堡遗迹为吐蕃占领时的遗迹。米兰的8座佛塔分布在米兰戍堡的周围,其中5座在戍堡西南约1.8千米处,彼此相距几十米至几百米,戍堡南约300米处有两座,另一座在戍堡东北约2千米处。佛塔的建筑方式分土坯砌筑和夯土堆筑两种,佛塔残高约3至6

米，基底宽约4至10米，塔顶为圆拱形，大都已经残破。米兰的两座烽燧也已残塌，一座在戍堡西南约1.8千米，另一座在戍堡东北约2.5千米处，全部为土坯筑成，均为方形。在米兰佛塔和佛寺周围曾出土过一批珍贵文物。1906年英国探险家斯坦因在此处盗去许多精美的佛头像、婆罗米文残纸等珍贵文物，他在一处佛塔的回廊外壁盗走的"有翼飞天像"壁画尤为珍贵。1989年，由新疆文物考古研究所王炳华等人组成的塔克拉玛干沙漠综合考察队考古组，在米兰佛寺中又发现两幅与前者相类似的"有翼飞天像"壁画。这些文物的发现，为研究西域古代民族宗教、绘画艺术提供了宝贵的实物资料。

在西域，有许多这样的古城，那里有许多待解的未知之谜。我们原来还打算进入"死亡之海"罗布泊去探访古楼兰遗址，因为我们的车辆和装备不能满足探险的要求，只好放弃了。纵观西域古城的昔日繁华，早已随着岁月的流逝而灰飞烟灭了，绝大多数遗址除了残缺不全的夯土和垒石，当年的城郭早已被黄沙掩埋得所剩无几了。这里再也看不到将士们的铁骑剑影，再也听不到僧侣们的钟磬木鱼声，更找不到络绎不绝的商旅驼队；只有青山不老，江河奔流，星汉灿烂。唐诗云："只应自古征人泪，洒向空川作逝波。"从长安经河西走廊到天山之麓直至中亚的丝路履痕至今仍依稀可辨，古代文明的印迹已深深地铭刻在西域的山川大漠之中……

一一 今夜，我走进德令哈

经过 1000 多千米的长途跋涉，在晚上 9 点多钟，我们终于到达了德令哈市。这里地处青海省的中部，位于享有"聚宝盆"美誉的柴达木盆地的东北部，是海西蒙古族藏族自治州州府所在地。德令哈市是由蒙古语"阿里腾德令哈"的音译而得名，意思是"金色世界"。是历史上的古羌属地、蒙古族牧场，是南丝绸之路的主要驿站，。

以前，我对德令哈了解得并不多，知道它，完全是因为海子的一首题为"日记"的诗：

  姐姐，今夜我在德令哈
  姐姐，我今夜只有戈壁
  草原尽头我两手空空
  悲痛时握不住一颗泪滴
  姐姐，今夜我在德令哈
  这是雨水中一座荒凉的城
  除了那些路过的和居住的
  德令哈……今夜
  这是唯一的，最后的，抒情
  这是唯一的，最后的，草原
  我把石头还给石头
  让胜利的胜利
  今夜青稞只属于他自己
  一切都在生长
  今夜我只有美丽的戈壁空空

姐姐，今夜我不关心人类，我只想你

　　1988年夏天，海子途经德令哈时，写下了这首充满孤独与温情的诗作。这首诗也使被誉为"金色世界"的青海德令哈被世人记住。当一个人恣肆汪洋的情感无处宣泄，只能在内心掀起狂潮的时候，这种折磨，与其留存于生命之中，燃起熊熊大火，煎熬原本就寂寞的灵魂；不如让另一种境界取而代之，那么，这种境界就是空寂。这是一种近乎自虐般的自我意识行为，让空寂完全占领身体，进而从每一个毛孔渗透到内心，达到灵与肉的完美统一。也是在这个时候，生与死达成和谐。或者说，这正是生命进程中的情感发挥到极致时，生对死亡的肯定和昭示。

　　今夜的德令哈，在诗人内心深处，无疑正制造着无边的绝望，这座荒凉的城，正是让诗人真切体会到生不如死的境界之地。孤独每一秒钟都在吞噬着诗人的善良和博大的情怀。悲痛的时候，他连握住一滴泪水的力量都没有，在强大的自然和人类整体的愚昧面前，诗人一无所有，发不出任何声音。"一切都在生长"，包括诗人内心的黑洞也在扩大着，扩大着，开始还是压迫思想和情感，最后就是完全的虚脱，甚至包括肉体本身的坍塌。诗人在仅有的意识下，游走于生死的幻境中而无力自拔。姐姐，这个无限温情的称谓，也许是实指，也许只是一个暗指，当诗人内心呼唤着姐姐的时候，今夜的德令哈，唯一能替诗人抵挡无边无际寒冷的，也许仅仅只有"姐姐"这个词汇所蕴涵的温暖而模糊的意象……

海子，这个原名叫查海生的当代浪漫主义诗人，在德令哈绝望地唱出："我把石头还给石头，让胜利的胜利，今夜的青稞只属于他自己。"他以诗人特有的敏感，做出这样一种有气无力的陈述，在诗歌中完成了最后一口呼吸。几个月后，1989年3月26日，他在河北省山海关卧轨自杀，年仅25岁。对于他的死因一直是个谜，流传最广的说法是，他一直暗恋着一位姐姐，自杀前到德令哈来找这位姐姐，当知道她已经结婚，生了孩子，非常悲痛，海子写了这首诗不久，便走向了山海关……这也许只是世俗的传言，诗人内心绝望的阴影一定远比人们的想象深广得多，其实无须臆测，还是让它成为一个永远的谜吧。

海子1979年15岁时进入北京大学法律系，1983年毕业后，任教于中国政法大学。海子作为中国20世纪新文学史中一位全力冲击文学与生命极限的诗人，他主要作品有长诗《但是水，水》、长诗《土地》、话剧《弑》及约200首抒情短诗等。其中流传最广的诗是《面朝大海，春暖花开》：

> 从明天起，做一个幸福的人
> 喂马、劈柴，周游世界
> 从明天起，关心粮食和蔬菜
> 我有一所房子，面朝大海，春暖花开
> 从明天起，和每一个亲人通信
> 告诉他们，我的幸福
> 那幸福的闪电告诉我的

> 我将告诉每一个人
>
> 给每一条河每一座山取一个温暖的名字
>
> 陌生人，我也为你祝福
>
> 愿你有一个灿烂的前程
>
> 愿你有情人终成眷属
>
> 愿你在尘世获得幸福
>
> 我只愿面朝大海，春暖花开

海子的这首代表作，写于他告别这个世界前两个多月的 1989 年 1 月 13 日。如何理解这首诗歌的意象所表现的复杂感情？诗歌中弥漫的是温暖抑或是悲伤？如何进行多义性解读？这些问题引发了读者迥然不同的感受。这首诗歌的复杂性和丰富性，就在于它有一个贯穿到底的明写与暗示相对比的结构，而这个结构到诗的最后，又变成无法解决的悖论。不理清这种独特的对比和悖论结构，就无法理解《面朝大海，春暖花开》。

在这首诗中，海子把自己的痛苦和悲伤，都深深隐藏在心里，只讲出了心中美好的愿望和祝福。我们既不能无视海子自杀前的绝望和悲哀，也不能过于夸大海子的厌世和愤世。虽然出身于农民家庭的海子在"今天"没有获得幸福的世俗生活，父母也并不理解他"以梦为马"的诗歌生涯，他除了极少数的朋友，不被大多数人所理解，甚至与家人也很难沟通，但博爱的海子深爱着亲人以及许许多多的"陌生人"。浪漫主义理想无力支撑着他活下来，这也许使海子更加孤独，但他却没有因此对尘世发出怨恨和诅咒，也没有发泄他的痛苦和悲伤。即便到了要告别尘世的最后岁月，他在诗中仍然对世俗的"陌生人"，发出如此真诚而美好的祝福。这三个祝福，其实反衬出海子在世俗生活中的三大不幸：前途无望、爱情绝望、幸福无缘。这也是导致海子自杀的三个主要原因。诗人在祝愿陌生人获得尘世的幸福之后，一句"我只愿面朝大海，春暖花开"，将自己阻隔在尘世生活之外。诗人仿佛是一个圣者，只是祝福尘世人获得尘世的幸福，自己则

超然世外，不愿享受尘世的幸福。他独自吞下了灵魂被撕裂的剧痛，而把苦涩但永远是青春的微笑留给了亲人和世人。这表现了海子作为浪漫主义诗人的一种非常难能可贵的本真和纯情。正是这种对比和悖论结构，构成了这首诗的复杂性和丰富性。

到了德令哈，不能不去海子诗歌陈列馆看看。海子虽已故去，但他那首寄寓着纯真质朴、隽永飘逸感情的《日记》，把"今夜我在德令哈"的眷恋，永远留在了这片神奇的土地上。听同行的朋友说，德令哈市区建成的海子诗歌陈列馆和海子诗歌碑林已成为当地的一个文化坐标，吸引着大量海子的粉丝。

一大早我们来到了这里，诗歌馆是一个徽派建筑风格的院子，面对着南北走向的滨河西路，后院枕依着巴音河。可能是地方太小，门口没有停车位，我们只好把车停在不影响交通的路边。遗憾的是来得太早了，陈列馆还没开门，只能在后院的碑林花园走一走。花园的正中央有一块雕刻着海子头像和《今夜我在德令哈》那首诗的昆仑玉，典雅而不失凝重，肃穆而不乏灵动。看着阳光照射下的海子那灿烂的笑容，我感觉非常温暖，诗碑上每一行诗句，都仿佛喷涌着诗人火一般的情感。当我置身海子诗歌碑林时，心中默默复诵着他的一首首诗作，感受着他敏感而压抑的短暂一生。其实，很多时候我们何尝不是如此？但不管怎样，还是要勇敢地"面朝大海，春暖花开"，在尘世获得自己的幸福。

在这里，我读到时任青海省委常委、宣传部部长、青海省人民政府副省长，现任中国作家协会副主席、中国当代著名诗人、文化学者吉狄马加写的一首《致海子》：

> 一个时间被切开的夜晚
> 你曾写下天空的星群
> 并在语言与词语之间
> 寻找生命存在下去的理由
> 你从来就不是一个神话
> 因为桃花、炊烟、大海、土地
> 就是你全部诗歌中永恒的元素
> 兄弟，在德令哈
> 那一夜你只为一个人而思念
> 但今天你的诗却属于人类

其实，在德令哈这片神奇的土地上一直充满了传奇的故事，无论是湮没在历史风尘中的唐蕃古道的商旅，还是当代天才诗人海子的绝唱。我们应该在桃花、炊烟、大海、土地的元素中，营造诗歌的意象，寻找生命存在的理由，让精神高蹈于尘世之上，把诗性、诗意、诗情留下来，留给栖居在这片土地上的人们，留给心中的远方……

一二 唐蕃古道上的艺术碎片

沿着丝绸之路南道，过湟源，穿西宁，经乐都，一路上车轮滚滚，风尘仆仆，我们近距离领略到唐蕃古道的风采。

这里曾是我国历史上一条非常著名的交通要道，自唐代以来，从中原内地往返青海、西藏乃至尼泊尔、印度等国，必经此路。整个古道横贯中国西部，全长3000余千米，跨越举世闻名的世界屋脊，联通我国西南的友好邻邦。千百年来，唐蕃古道作为祖国内地通往西南边陲的大道，像是一条吉祥的哈达，联结着藏汉人民友好团结的感情。

这段历史最早可以追溯到汉朝乃至更为久远的年代，那时中原通往青海、西藏的大道就已初具规模。到了公元7世纪初期，李世民父子创立李唐王朝。几乎与此同时，吐蕃王国在赞普松赞干布的率领下也迅速崛起，统一了西藏地区的许多部落，建立了强大的奴隶主专制

政权,进而向北扩张,于公元 663 年攻灭吐谷浑,从而与唐王朝接界,互为邻壤。唐太宗贞观八年(634 年),松赞干布派使臣前往唐朝首都长安,拜见唐太宗,并请求联姻和好。唐太宗也派出使臣前往吐蕃回访,但未答应联姻。公元 640 年,松赞干布再次派大相(宰相)禄东赞携带金子、白银及其他珠宝数百件,前往长安求婚,唐太宗审时度势,答应将自己的宗室女儿文成公主嫁给松赞干布。公元 641 年,唐太宗派江夏王李道宗作为国舅,专程护送文成公主远嫁吐蕃,双方结为甥舅之邦,揭开了唐蕃友好历史的新篇章。

此后的 200 余年间,藏汉人民沿着唐蕃古道密切交往,唐蕃使臣相互往来就多达 142 次。唐中宗景龙年间,吐蕃赞普弃隶缩赞遣使者去长安求婚,中宗封宗室雍王李守礼的女儿为金城公主,许嫁赞普。景龙四年(710 年)正月,金城公主经青海沿着文成公主走过的大道入藏,唐中宗率百官亲送到始平县(今西安市西)饯别。宴会上,中宗向吐蕃使者诉说公主是幼孩,割慈远嫁的挚情,令群臣赋诗送金城公主,留下了唐蕃"素相亲厚"的美好诗篇——"凤宸怜箫曲,鸾闱念掌珠.羌庭遥筑馆,庙策重和亲。星转银河夕,花移玉树春。圣心凄送远,留跸望征尘。"(徐彦伯)"青海和亲日,潢星出降时。戎王子婿礼,汉国舅家慈。春野开离宴,云天起别词。空弹马上曲,讵减凤楼思。"(张说)自文成、金城二公主入藏后,汉藏人民联系更加密切,贸易往来十分频繁,唐蕃古道迅速兴盛起来,成为一条驿站相连、使臣往来、商贾云集的黄金大道。至今在古道经过的许多地方,仍然矗立着人们曾经修建的驿站、城池、村舍和古寺，到处有世世代代各族文化的遗存，传诵着许多反映藏汉人民友好往来的动人佳话。

藏族人民自古以来就在祖国的大地上繁衍生息，是青藏高原上的主人。远在公元前，藏族的祖先就同汉族的祖先有了多方面的交往。有人说，唐蕃古道的渊源甚至可以上溯到 6000 年前的新石器时代，这并非妄言，我们中华民族的祖先正是沿着这样一条路线不断开拓前进的。我们此行专程到乐都县高庙镇东面两千米处的柳湾村参观了彩陶博物馆，一睹我国彩陶文化鼎盛时期的风貌，领略到甘青地区的史前文化和远古人类的文明遗存。

博物馆占地面积 5830 平方米，展厅面积为 1500 平方米。馆藏文物近 4 万件，其中彩陶近 2 万件，如裸体人像彩陶壶、彩陶靴、人头像彩陶壶、提梁罐、蛙纹彩陶瓮、鸮面罐等，反映了新石器时代晚期至青铜时代高原地区空前繁荣的彩陶艺术。在一些彩陶腹部涂写的 300 余种不同的神秘符号，以及骨制刀、叉、勺和大量的新石器时代的磨制石器，无不把人们引入梦幻般的远古社会。这一彩陶文化鼎盛时期前后延续了 1000 多年，距今约 4600—3600 年间，主要有马家窑文化的半山类型、马厂类型和齐家文化、辛店文化等 4 种古文化类型。

据最早参加柳湾考古发掘的当事人、现博物馆馆长王国顺介绍，1974 年春天，青海省东部农业区村民在挖水渠时发现了一处古代文化遗址，随后，由中国人民解放军某部巡回医疗队向省文化局转告了柳湾出土文物情况，并送去陶器等实物标本。省文化局文物组立即组织人员到现场调查，并征集了部分造型美观、纹饰别致的彩陶罐等文物，其中一件人像彩陶壶引起了专家的关注。省文化局提出书面报告，建议对墓地进行考古发掘。国家文物事业管理局与中国社会科学院考古研究所批复同意。同年 7 月中旬，柳湾墓地发掘工作正式启动。柳湾村北有一处东西走向的旱台，在此发现的原始氏族社会公共墓地，是黄河流域迄今已知规模最大且保存最完好的。随着考古发掘，在约 12 万平方米的台地上，共发掘了 1730 座墓葬，出土各类陶器 17262 件。成千上万的彩陶出土，使这个平静的小山村，成为青海省新石器时代文化的重要标志,引起世人的广泛关注。

考古发现,这里的墓地一般都有随葬品,只是多寡不一。早期的墓地只有两三件,晚期的墓地多达近百件,反映出原始社会末期已有贫富之分。其随葬品既有石制的斧、锛、凿、刀等生产工具,又有陶制的各种生活用具。马家窑文化的彩陶蕴含着大量的史前文明信息。彩陶的大量生产,不仅说明这一时期制陶的社会分工早已专业化,出现了专门的制陶工匠师;而且通过彩陶形制、纹饰的变化,有助于揭开中国史前社会的千古之谜。

陶器是先民们的日常生活用具,彩陶把各种器形和优美的花纹融为一体,本身就是一种艺术品,不但是制陶工艺发达的标志,更是古代人民智慧创造的结晶。彩陶表面为橘红色或紫红色,配上黑色线条的几何形花纹或动物形花纹,更加光亮艳丽。彩陶的器形丰富多彩,主要有盆、壶、罐、瓮、豆、碗等。

馆长特别向我们介绍了一个人像彩陶壶的复制件,这是一件举世罕见的国宝原件,现收藏在北京的中国国家博物馆。这个彩陶壶是以裸体人像浮雕和捏塑作为装饰的,陶壶通高34厘米,呈椭圆形,色彩斑斓。这个彩陶壶融浮雕、捏塑和绘画的艺术手法于一身,表现了

马厂类型的粗犷质朴风格，又独具特色，陶壶口小颈短，腹部较圆，底小而平，中腰附有对称的双环形耳，从壶口到腹底饰有一层紫红色的陶衣，绘有黑色的圆圈纹和蛙纹，在壶身彩绘之间还捏塑出一个裸体人像。头位于壶的颈部，五官俱全，身躯和四肢位于壶的腹部，双手放在腹前，乳头还用黑彩加以点绘，下腹处夸张地塑造了女性生殖器的形象。人像的脸部憨态可掬，弯弯的两道细眉呈八字形，眯成窄缝的一双小眼睛显得俊秀而滑稽，鼻梁高直，巨口呼喊，大耳双垂，躯体肥短，手大腿粗。此外，在壶的颈部背面绘有长发，长发下绘出一只大蛙，在人像两腿的外侧也绘着蛙纹。这种特殊的图案装饰，表明它不是生活用具，而是礼器或专门制作的葬具。一般认为这是一个集男女为一体的两性人，是一种男女同体的崇拜物，与远古时期的萨满教信仰中，两性人往往是天和地、神与人的中介，具备沟通天地、人神的能力，可以将人的祈求、愿望转达给神，也可以将神的意志传达给人。此外，关于人像也有单一女性或男性的不同说法，分别寓意女性崇拜、生殖崇拜或父权制度下男性崇拜的象征。它的出土对人类学、社会学、文字学以及人类思维、审美心态起源的研究，有着很高的学术价值。

柳湾出土的彩陶器中，以马厂类型的最为丰富，价值最珍贵，其数量之众，造型之美和花纹之繁缛，无出其右。出土的陶罐彩绘花纹比较常见的有：平行条纹、波折纹、旋涡纹、葫芦形纹、四圆圈纹、六圆圈纹等。尤其是蛙纹的彩陶符号别具一格，其中又分为全蛙纹、半蛙纹、蛙肢纹和几何形蛙纹等多个种类。为什么先民对蛙这种动物情有独钟呢？据说，古代人认为青蛙繁衍力强，又能预知阴晴圆缺的天象。他们把蛙纹绘在器皿上，既反映了对人丁兴旺、多子多福的祈求，也是女性生殖崇拜的一种表现。

博物馆馆长王国顺说，柳湾彩陶作为马家窑文化，在发展过程中并不是孤立的，而是在与周边文化的交流、互补、融合中形成的。它应该源于仰韶中期文化，随着自身的不断发展，创造出独具特征的马家窑文化。公元前3500年左右，马家窑文化彩陶开始向西传播，逐渐形成一条自东向西的"彩陶之路"。这条道路有南北两道，北道以河西走廊为主，经中亚、西亚，直至欧洲；南道主要分布在青海东部地区和川西北一带。

离开柳湾村时，博物馆前那个外形巨大的彩陶盆又一次吸引了我的目光：彩陶盆的内壁上绘有 3 组舞蹈人花纹，5 人一列，共 15 个舞蹈者，手足相接成圆圈，刚健中不失柔和，展示出高原先民优美的体态和轻盈的舞姿，充盈着经天纬地的生命活力。

一三　揭开吐谷浑历史的钥匙

在德令哈博物馆，我们有幸看到了青海"血渭一号大墓"出土的一些文物。据介绍，"血渭一号大墓"属唐代早期吐蕃墓葬，周围有许多小古墓，数量达200余穴。国际学术界把这个古墓群称作"热水古墓"，因为地处柴达木盆地东南端都兰县热水乡。这里曾是吐谷浑古王国的政治、经济、文化中心，也是古丝绸之路的重要驿址。提起丝绸之路这条世界最古老的东西贸易通道，学术界过去普遍认为其主要路线是河西走廊，而"唐蕃古道"只是当河西走廊因战争原因不通时才存在的一条辅助线路。"血渭一号大墓"出土的大量丝绸制品和其他文物证明，从青海西宁经都兰，穿越柴达木盆地，至甘肃的敦煌，是公元6世纪到9世纪前半叶唐代丝绸之路的一段重要干线。1500年前，青海丝绸之路的繁荣程度，并不亚于人们熟知的天山廊道－河西走廊－川滇丝路。

澳大利亚著名学者陶步斯在重量级刊物《亚洲经济评论》上，发表了题为《都兰墓葬中文物是揭开吐谷浑历史的钥匙》的文章，他认为："都兰墓葬中文物是揭开7—9世纪中亚史的钥匙，也是解开吐蕃之前吐谷浑历史的重要依据。考古学家在青海的发现，无疑将改写从青海以西到克什米尔的历史。"

"血渭一号大墓"位于血渭草场察汗乌苏河北岸，是国家重点文物保护单位。大墓依山傍水，北部与山体相衔接，南部凸出山外，依山面水，坐北朝南，大墓背后山体形态极似太阳鸟，正前方是察汉乌苏河，从正面看像一个"金"字，所以有"东方金字塔"之称。大墓透出一种深邃的神秘气氛，两面的大山浑似展开得鸟翼，两山交汇处有一巨石，形似鸟首，正面眺望，犹如一只展翅雄鹰，以双翅护墓，

由于吐谷浑与中央王朝关系密切，非常注重学习中原文化，所以墓葬也很讲究风水。吐谷浑崇拜的图腾是太阳鸟，所以这是一只展翅欲飞的太阳鸟，大墓正前方是察汉乌苏河，可谓是一处风水宝地。专家们认为，这个墓葬的级别很高，是吐蕃古墓中最惊人的发现，它也是所有古墓中最为壮观的一座墓葬，墓葬对研究吐蕃文明史、古代东西方商贸、文化交流均有非常重要的研究价值。

大墓东西长55米，南北宽37米，高33米，系人工筑成的小山包，墓室之上棚盖巨大柏树圆木10多层，大墓南侧有殉马坑5条，出土殉马骨骼87具；另有殉牛坑、殉犬坑多处。出土的文物有：织锦袜、皮靴、金银器、漆器、陶器、木碗、木碟、木鸟兽、罗马金币、波斯银币和一批锦、绫、绢、缂、丝等丝绸织品。

吐谷浑人修建坟墓时，受汉代王室墓葬"黄肠题凑"形制的影响，演变成用一层柏木夹一层四五十厘米高的石头，然后层层叠起，如同盖楼一般。柏树生长是极其缓慢的，一棵碗口粗的柏树要长200年，一人合抱的柏树至少生长上千年。但吐谷浑人墓葬中的柏木，最粗的直径达60厘米,最细的也有15厘米。一般的小型墓葬要用去二三十根柏木,稍大一点的则要数百根。血渭一号大墓从上而下,每隔1米左右,便有一层排列整齐横穿冢丘的穿木,共有9层之多,一律为粗细相当的柏木。据测算,修这样的大墓需一万人修建一年以上。

吐谷浑人修建坟墓时,讲究用一层柏木夹一层四五十厘米高的石头,然后层层叠起,如同盖楼一般。柏树生长是极其缓慢的,一棵碗口粗的柏树要长200年,一人合抱的柏树至少生长上千年。但吐谷浑人墓葬中的柏木,最粗的直径达50厘米,最细的也有碗口大小。一般的小型墓葬要用去二三十根柏木,稍大一点的则要上百根。

从1982年起至今,青海省文物考古研究所在这里累计发掘墓葬近百座,但除了数量众多的丝织品,考古学家最为惊叹的还是吐谷浑人用于修建墓葬的大量柏木。古墓众多的热水沟,是一个没有多少绿色可言的荒凉山沟,周围看不到一棵树。然而在一座座古墓中,大大小小的柏木却随处可见。这些柏木应该都是就地取材,如今的柴达木盆地,仍有不少叫柏树林、柏树山的地方,在德令哈、都兰,常能听到这样的地名。这里作为吐谷浑王国的都城,在当时应当是一个水草丰美、柏木遍布的绿洲。由此可知1000多年前,作为中国四大盆地之一的柴达木盆地,千年之前并不是一望无际的荒凉戈壁,生长着许许多多的柏树,是一个温暖湿润的地方。尤其是都兰一带的气候和植被都很好——都兰在蒙古语里就是"温暖"的意思。考古人员还发现,墓葬年代越往后,使用的柏木也就越细,说明粗壮的树木在不断减少,树木的数量也在不断减少。这都是吐谷浑人建设都城,修建墓地大量砍伐的结果。因此,可以说都兰古墓也见证了柴达木盆地生态环境的演变。

在当地藏族人中,流传着关于这座古墓不吉利的传说,认为这是"有妖怪的高楼",并称之为"九层妖楼"。公元663年,吐蕃攻破了吐谷浑,吐谷浑王诺曷钵带着妻子弘化公主仓惶逃往千里之外的凉州,并向唐高宗请求支援,高宗便派大将薛仁贵带了10万兵马前去驱逐吐蕃,不料遭遇了吐蕃40万大军,结果兵败大非川,吐谷浑宣告灭国。可能是当地人害怕吐谷浑人的冤魂前来复仇，而将他们称作"妖怪"的吧。

都兰有着悠久的历史，是一方古老而神秘的土地。早在2900年前的青铜器时期，就有人类在这里繁衍生息，主要从事农耕和畜牧，其生产技术已具有先进性，生产规模也较大。塔温塔他里哈遗址属于"诺木洪文化"，这里的出土文物和奇特的建筑，印证了生息于斯的先民们，已创造了早期的柴达木文明。在3000多年的历史长河中，都兰曾是西羌先民的主要驻牧地，是在中国历史上占有重要地位的吐谷浑王国的主要活动中心区，也是吐蕃王朝的统辖地，宋、元、明、清历代以来，又成为蒙古西和硕特部进入青海后的邻地。所以，都兰的古文化是国内独树一帜的文化遗产。

在都兰东起夏日哈镇西至诺木洪乡广袤的草原上，古墓葬和古遗址星罗棋布。这些墓葬究竟是何人所为？这些古老的民族又是从何而来？最后消失后又去了哪里？有人说它是东方消失的印加文明，也有人说它是东方的金字塔，诸多的问题无不引起我们深深的思考。

在浩瀚的历史长卷中，只有寥寥几笔记载着这样一个民族——吐谷浑。吐谷浑原是人名，他是鲜卑族慕容氏部落酋长的长子，生活在辽东徙河一带。酋长死后，由次子慕容嵬继承了酋长之位，只分给吐谷浑1700帐，兄弟因"马斗"反目成仇，于是吐谷浑便率领他的部落离开了故土，西迁游牧于阴山一带。大约在公元313年左右，随着北方民族大迁徙，他们又迁徙到了青海和甘肃一带，与当地的羌族友好杂居相处，逐步形成了一支力量强大的地方势力。到了吐谷浑孙子叶延时期，据文献记载，此人"博识中华，浩闻天文地理，人间造化"，非常了得。在公元330年左右，叶延建立起了自己的政权，并且以自己祖父的名字作为姓氏、族名、国号。在势力不断向西扩张的同时，一直与中原王朝保持着友好的联姻关系，先后有17位宗室女远嫁到吐谷浑。到了7世纪初，源于西迁的发羌兴起于西藏，先是统一西藏地区，然后向青海扩张……

公元663年吐蕃攻破了吐谷浑，薛仁贵率10万援兵，不敌吐蕃

40万大军，败丁大非川，立国350年的吐谷浑宣告灭国，灭国后的吐谷浑以吐蕃邦国的形式存在，它有自己的建制，有自己的可汗，有自己特定的活动区域。在此后200多年的时间里，吐谷浑逐步流落到了青海河湟谷地，现在的互助土族就是吐谷浑的后裔。还有一部分随着当年诺曷钵王到了凉州地区。这个经历了350多年的王国，时间虽不算很长，但其经济和文化发展，对促进当时中国对外经济和文化交流，却做出了十分可贵的贡献。当吐谷浑人进入青藏高原后，与中西亚为邻，趁着南北朝时传统的丝绸道常被战火隔阻的机会，开拓了经久不衰的南丝绸道。这条大道西起君士坦丁堡，东达长江南北的腹地。南丝绸之路又被称为吐谷浑道、青海道、河南道。南丝绸道兴起于南北朝，鼎盛于隋唐，经数百年而不衰，成为中国历史最著名的国际商贸通道之一，也是承载量最大的东西方经济文化交流的桥梁。

吐谷浑人在拓展南丝绸道的工程中，起到了挑大梁的作用。吐谷浑第十二代王拾寅时期，南丝绸道勃然兴起。拾寅在南丝绸道的运行中，发现了无限商机，于是他采取了很多有效的措施，使丝绸南道更加兴旺发达起来，名传四方。朝贡是加强政治、文化、经贸的重要手段。他鼓励臣民参与东西方贸易活动，不少吐谷浑人都成了经商的好手。他们利用地理、人际、语言及熟习东西商情的优势，以过境收费、合伙代理、中介转运、期货囤积、武装护送、向导翻译等多种方式参与或直接进行东西方贸易。其规模相当大，前后延续了近三百余年。在这条繁荣的大道上，从中国内地到东罗马帝国，远至欧洲，往来不绝的商队，长年累月地运送着大批丝绸锦缎、药材香料、金铜玉器、毛皮纸张、瓷器茶叶等千种物品，无奇不有。都兰吐谷浑古墓出土的文物，为这条繁荣的古道提供了有力的佐证，都兰热水和香日德出土的文物也印证了丝绸南道曾经的辉煌。

拾寅一朝也是吐谷浑王国历史中向南北朝朝贡次数最多的，达到了17次。每次朝贡都是一次大规模的贸易活动。跟随贡使的不仅有吐谷浑人，还有庞大的中西商队。在南丝绸道上，来自东罗马帝国、波斯、大马士革、克什米尔、粟特城邦国以及突厥、于阗、龟兹、高昌等国的商人们络绎不绝。长长的驼队来来往往，驼铃声此起彼伏，响彻万里大漠，他们满载而去，又满载而归。

贸易也增强了各国文化的交流，史载"此官置长史、司马、将军，颇识文字"，吐谷浑人与汉人、西方各国商人成为经商的伙伴，相互容纳、相互融合，不少吐谷浑人精通几国语言文字，熟习各国商情，从而衍变成为一种文化资源，他们作为东西物资和文化交流不可或缺的中介者，为丝绸南道的繁荣，为东西贸易文化的交流做出了重大贡献。而吐谷浑从中获取了长久的商业利益，增强了叶谷浑的综合国力。"吐谷浑多金银财宝"，名传四方，屡见诸史书，有力地佐证了南丝绸道的发达和繁荣，反映了东西方文化交流的深度和广度。

正是贸易给吐谷浑带来了巨大的经济利益，这样他们才能耗费大量财力建设了一座座大墓。青海省从1982年开始就对这里进行了大规模的抢救性考古发掘。发掘出的东罗马金币、波斯银币和350多件珍贵的丝绸物品，证明了这个地区作为唐蕃古道所呈现的繁荣富庶。国家文物局曾经把青海都兰吐蕃墓葬的发掘列为"中国1996年度十大考古发现"，认为"在出土的文物中，以丝织品最重要，是唐代丝织品一次难得的集中发现。"从古墓中出土的丝绸，数量之多、质地之好、品种之全、图案之美、色泽之艳、技艺之精、时间跨度之大，均属罕见。

墓葬中出土的丝绸，根据丝织物的组织结构、织造工艺及外观效果来区分，有锦、绫、罗、缂丝、绢、纱、绸等等。古代经锦有一个显著的特点，花色和地色的织物组织完全相同，都是双层结构的复式平纹或复式斜纹，称为平纹经锦或斜纹经锦，依靠织物纵向彩条经线的颜色来显现花纹，是一种典型的"彩条经锦"。平纹经锦是我国传统的织锦。北朝晚期或隋代的平纹经锦，隋或初唐时期的斜纹经锦，盛唐时期的斜纹纬锦、织金锦等。平纹经锦到了唐代数量已明显下降，大量出现的是隋代前后兴起的斜纹经锦。

在所有丝绸织品中，其中有一件织有"伟大的光荣的王中之王……"字样的织锦，为波斯萨珊王朝所使用的钵罗婆文字锦，据考证，是目前世界上仅有的一件8世纪的波斯锦。还有一件"红地云珠日天锦"，是北朝（439—581年）时期的锦幡残片，织锦长48厘米、宽28厘米。图案以日天（太阳神）及狩猎纹为主，并织有"去""昌"等文字。这件"红地云珠日天锦"作为现存最早的锦幡残片，又加之独具特色的异域风格图案，也被确证为稀世珍品。

博物馆的讲解员告诉我们，血渭一号大墓周边的200多个小墓，大多已被偷盗者挖掘一空，经过岁月风沙的肆虐，现在只能看到一个个深浅不一的土坑。岁月如流沙，一个曾经强大的王国被黄沙掩埋，当年驿站重镇的繁华已不再，身份显赫的墓主人也随"九层妖塔"静静的长眠于此，带着一个个神秘的传说，等待人们揭开它神秘的面纱。

一四 藏传佛教建筑的先声

经过一路的颠簸，我们来到了位于乐都县城南的瞿昙寺。这座明初所建的藏传佛教寺院金碧辉煌，建在雄浑而清幽的风水形胜之地，仿佛穿越时空而矗立在我们眼前。寺院主持在山门口迎接我们一行，并送上了金色的哈达。

举目四望，瞿昙寺沿着南向偏东的轴线布局，背倚罗汉山，前临瞿昙河，面朝凤凰山，远望皑皑雪峰，同自然环境有机和谐地融成一体。人说这是一块风水宝地：靠山罗汉山，山势浑圆端正，犹如一座巨大的屏风，挡寒风，纳阳光，又似一顶硕大无比的军帐，寺院建筑呈"将军坐帐"之形。主山东侧有庙顶子山，西侧有卧虎山，是"左右砂山环抱"，山门临着一条清澈的瞿昙河，环绕而过。隔河遥对的凤凰山俯首来朝……

据寺碑记载：明代以前，在乐都县南山坳里背山面水的地方就建有庙宇。1392年，朱元璋派兵到青海北部一带追剿元兵残部，当地藏族人不明情况也跟着乱跑，形成混乱局面，三罗喇嘛凭借声望写信招抚，使藏族部众归顺了明王朝。这件事不仅使得青海地区结束了改朝换代造成的混乱局面，也使得朱元璋认识到了以三罗喇嘛为代表的宗教势力在青海地区的作用和地位。1393年，三罗喇嘛去南京进贡并请求对他的寺院给予护持和赐名，其实在当时这只是一座小小的佛堂而已，但朱元璋却欣然答应，并且下令拨款建寺，这就是瞿昙寺得名的由来。15世纪初的永乐年间，朱棣皇帝又赐三罗藏之侄班丹藏卜"顶净觉宏济大师"的头衔，令其主持寺院，更提高了寺院地位。经明朝洪熙、宣德两代的扩建，瞿昙寺有了较大的规模。

瞿昙寺的汉式建筑风格十分典型，甚至有一些皇室建筑的特征，三进院落，主要建筑有天王殿（金刚殿）、瞿昙殿、宝光殿、四经堂、喇嘛塔及后院隆国殿、大钟鼓楼等，在类型众多的藏传佛教寺院中独树一帜，因其早于北京故宫，被人称为"小故宫"。其基本完好的建筑遗存，包括风水格局、廊院、抄手斜廊等等，实际上也是清代北京和承德等地大量兴建的汉式藏传佛教寺院的先声。

除建筑以外，瞿昙寺还有壁画、彩画和石雕被称为"艺术三绝"。瞿昙寺的壁画总面积为1523平方米，数量十分惊人，其中明代早期壁画占79%，剩余的为清代壁画。其中隆国殿内墙壁画级别最高，其内容分为三世佛和藏密宗欢喜佛，画面巨大，高达5.5米，而且全部是沥粉贴金，绘制精美，色彩艳丽，据工作人员介绍，这些壁画为藏传佛教绘画高手之笔。

在隆国殿两侧的长廊即民间所谓的"七十二间走水厅"中，有壁画28间38面，面积约400平方米。南廊中的明代壁画别具风采，与许多寺院壁画相同，从左至右，上面描绘的是佛祖释迦牟尼自降生到涅槃的全部经历。按专家评价，其人物造型准确，形象优美，线条流畅而柔中含刚，是地道的钉头鼠尾铁线描。仔细观赏，会发现其中人物所持的器皿，如玉碗、熏炉、提壶、兵器均为宫廷所用，仅宫廷团

扇就有9种之多,其人物的服饰都为宋代中原人士打扮或宫廷装束。由此分析,这些壁画应出自宫廷画工之手。

说到壁画,人们总会想到敦煌壁画。张大千先生曾说:"敦煌壁画是集东方中古美术之大成,敦煌壁画代表了北魏至元1000年来我们中国美术的发展史。换言之也可以说是佛教文明的最高峰。"但是敦煌壁画的年代止于元代。对于西北地区来说,元以后的明清壁画,无论规模还是艺术的水准,瞿昙寺壁画都堪称其首,其珍贵程度为国宝级。所以有学者说瞿昙寺壁画使中国西部壁画艺术有了一个比较完整的时代阶梯,可谓"前有敦煌,后有瞿昙"。

瞿昙寺建筑彩画堪称明早期彩画演变的缩影。类似宋锦的纹饰和色彩的瞿昙殿彩画形式与宋代五彩服装的色彩设计相似。从其彩画构图比例结构分析,显现出由明早期向明中晚期过渡的彩画特征,属于珍贵的古代建筑彩画典范。隆国殿的建筑彩画属于寺内等级最高的,这与其建筑物本身的地位一致。色彩以石青、石绿和银珠为主。彩画基础构图为一整两破的形式。之所以将其视为最高等级的彩画,是因为殿内彩画的重点部位都使用了金黄色。虽然未用贴金工艺,但效果

和明式彩画的点金彩画效果相似。如殿内的天花梁彩画,色彩以青绿色退晕为主,在花心和宝剑头等部位都使用金色;采用一整两破旋花加一路如意云的基础构图形式。旋花中的头路瓣和二路瓣纹饰分别为8个由浅到深的石青退晕的旋子加一组石绿退晕的小抱瓣和石绿退晕的凤翅瓣加石青退晕的抱瓣组成。花心的纹饰则由上下两层共8瓣莲花和1只石榴纹样组成,它同宝剑头一样用金黄颜色,即黄胶油工艺。在一整两破之间有加一路的纹饰是由一整两破的如意形状花瓣附加抱瓣组成,两破的纹饰旁再加上如意云头。色彩主要以青绿退晕色呈现。虽然纹饰结构复杂,但设置排列有序。

可以与壁画和彩画媲美的就是石雕了。如宝光殿佛台莲花座、隆国殿佛台莲花座,还有六伏狮曼陀罗、鼎座、磬座、灯座、御碑须弥座等等,它们或是用花斑石或是用当地出的红砂岩雕成的。其中最引人注目的莫过于置于隆国殿内的"象背云鼓"了。鼓座为明代红砂岩石雕,全高2米,重约2吨,上面刻的是跪伏在莲花座上的一只小象,神态温驯而敦厚。小象正回眸凝望,长鼻卷起一朵莲花,其神采令人顿生怜惜。它身披璎珞，背负净瓶，上起云纹鼓座，鼓座上置一桶木帮皮面巨鼓，每当礼佛时，殿内必要敲磬击鼓，声震八方。

工作人员介绍，自明洪武年间创建以后，得到明王朝历代皇帝的高度重视，曾通过瞿昙寺推行其政教合一的政策，明13代皇帝中就有7位皇帝为瞿昙寺下达敕谕，颁给金、银、象牙图章及封西天佛子大国师等。传说明朝皇帝朱允炆退位后曾隐居在此，并圆寂于瞿昙寺。明朝灭亡后，清政府对瞿昙寺的态度比较冷淡，瞿昙寺延续了将近300年的辉煌伴随着明王朝的终结走向了衰败。

迄今为止，瞿昙寺已经历了600多个春秋，一直被信仰藏传佛教的藏族、蒙古族、土族等信众尊为佛教圣地。瞿昙寺是一座藏传佛教建筑艺术的辉煌殿堂，那些无言的建筑及其装饰——包括壁画、彩画、石雕，融合了汉藏两种文化，记载着600年汉藏交流的历史。600年的风霜雨雪都未曾改变它的神韵，600年的历史更体现了它的艺术价值所在。

一五 "一画开天"昭文明

我们丝路历史文明考察团，历时24天，驱车25000余里，倥偬前行，遍寻古迹，驻车凭吊，瞻仰品鉴，发思古怀今之幽情。在即将结束此次考察之际，又专门来到天水瞻仰伏羲故里。伏羲是中华民族的人文始祖。根据古籍记载，伏羲以一拟太极，然后一画开天。世间万物的繁衍、中华文明的曙光自此肇启。著名诗人陆游有诗赞曰："无端凿破乾坤秘，始自羲皇一画时。"

天水是伏羲文化的诞生地和伏羲文化的发祥地，素称"羲皇故里"。天水市西关有一座伏羲庙，是伏羲文化的标志性建筑，始建于元代，明清时多次重修，是全国规模最大、保存最完整的祭祀伏羲的场所，被国家华夏纽带工程委员会确定为全国祭祖基地，为全国重点

文物保护单位。庙内雕梁画栋，古柏参天。为了加强伏羲庙保护和建设工作，全面恢复伏羲庙历史建筑格局，经国家文物局审批，2004年投资2000多万元对伏羲庙进行维修和保护。

天水的伏羲庙，原叫太昊宫，俗称人宗庙，它是华夏第一庙。伏羲庙临街而建，坐北朝南，院落重重相套，四进四院，宏阔幽深，现存面积6600平方米。庙内的牌坊、大门、仪门、先天殿、太极殿沿纵轴线依次排列，还有戏楼、钟楼、鼓楼、来鹤厅等古建筑，后来又新建了朝房、碑廊、展览厅等，层层推进，庄严雄伟。伏羲庙始建于明成化十九年至二十年间（1483—1484年），前后历经9次重修，形成规模宏大的建筑群。清光绪十一年至十三年（1885—1887年）第九次重修后，占地面积达到13000平方米。

传说在上古时代，华胥国有个叫华胥氏的姑娘，到雷泽那里去游玩，据考证雷泽就在现今的天水市境内。她偶尔看到了一个巨大的脚印，便好奇地踩了一下，于是就有了身孕，怀孕12年后生下一个儿子，这个儿子有蛇的身体、人的脑袋，取名为伏羲。后来，一场天翻地覆的大洪水吞没了整个人类，唯有伏羲和他的妹妹女娲幸存了下来。要使人类不致灭绝，他俩就必须结为夫妻。但兄妹成婚，毕竟是很难令人接受的，于是他们商量由天意来决定这件事。兄妹俩各自拿了一个大磨盘分别爬上昆仑山的南北两峰，然后同时往下滚磨盘，如果磨合，就说明天意让他俩成婚。结果，磨盘滚到山下竟然合二为一

了，于是，他俩顺从天意而成婚，人类从此得以延续。

史书记载，伏羲根据天地万物的变化，发明了占卜八卦，创造文字结束了"结绳记事"的历史。伏羲称王111年以后去世，留下了大量关于伏羲的神话传说。八卦是人类智慧在高度抽象与取象比类中产生的，乾、坎、艮、震、巽、离、坤、兑分别象征着天、地、风、雷、水、火、山、泽8种最明显的自然现象。除此之外，他还创造历法，始造书契，教民渔猎，驯养野兽，烹饪食物，发明乐器，创作曲子；同时变革婚姻习俗，倡导男聘女嫁的婚俗礼节，使血缘婚改为族外婚，结束了长期以来子女只知其母不知其父的原始群婚状态；并且将统治地域分而治之，任命官员进行社会管理等。伏羲有神圣之德，团结统一了华夏各个部落，定都在陈地，封禅泰伏羲画像山。

随着部落的兼并和迁徙，伏羲所创立和倡导的古代文明沿渭水到黄河流域，与其他民族相融合，形成了以炎黄部落为核心，以伏羲文化为本体的华夏民族。因为伏羲人面蛇身而崇奉蛇的图腾，由黄土高原进入到中原大地，于是取蟒蛇的身、鳄鱼的头、雄鹿的角、猛虎的眼、红鲤的鳞、巨蜥的腿、苍鹰的爪、白鲨的尾、长须鲸的须，创立了中华民族的图腾——龙，成为中华民族的象征。伏羲因而成为全世界华人的始祖，千百年来一直被尊称为"三皇之首""百王之先"，受到中华儿女的共同敬仰。

伏羲的故里是天水，好像没有多少争议，因为上世纪50年代考古发现了大地湾原始氏族遗址。在天水市所属的秦安县五营乡这个渭河上游依山傍水的山湾里，现已探明的历史文化遗存总面积达150多万平方公米。仅就目前发掘的1.37万平方米的面积，已经涵盖了从距今8300—4900年前后的华夏先民所创造的3000多年历史。

作为实物依据，大地湾不仅复原了此前我们无法想象的华夏先祖在混沌初启时的生活场景，而且还给《山海经》里女娲补天和唐代司马贞《史纪索隐》中补《三皇本纪》中关于伏羲创世的历史记载找到了实物依据。更有意思的是，在秦安，至今还有女娲庙，而且女娲庙，以及与"风"姓和女娲有关的当地民间传说中的几个地名——风茔、风谷、风台以及伏羲制作八卦的卦台山，都在大地湾周围。人们登临卦台山顶，俯瞰三阳川，不难发现：古老的渭河从东向西弯曲成一个S形，把椭圆形的三阳川盆地一分为二，画成了一个天然的太极图。

伏羲文化博大精深，是中国史前文化和中华民族优秀传统文化的源头，吸引着国内外无数学者、专家不懈地探索、研究，也吸引了大批海内外客人前来旅游观光，寻根祭祖。从历史学的角度看，大地湾文化遗址，与有关伏羲氏族的传说故事及史料记载有着种种

吻合，成为最终揭开中华文明本源之谜的有利条件，通过对伏羲及伏羲文化的深入研究，将把中华文明史推向更早的年代，中华文明史可能是在 8000 年以上。从源流史的角度看，有利于进一步探究中华文明的源流发展过程，特别是龙文化的起源、传播和发展轨迹。伏羲文化所体现的哲学思维、科学走向、人文精神和创造精神，对于今天我们的自然科学和社会科学研究，具有十分重要的现实意义。伏羲文化的民族本源性和传播的广泛性，对于提高民族自信心，增强民族内聚力，团结海内外华人，积极支持和参与国家建设，促进祖国和平统一，进一步扩大对外文化交流，维护世界的和平与发展具有不可低估的重要作用。

我们这次丝路历史文明考察，最后以瞻仰"一画开天，肇启文明"的伏羲故里而收官凯旋，寄寓着慎终追远、不忘初心的意愿。伟大的中华文明正以其固有的创造性和实践性，以其兼容并蓄的人文精神和认识世界的科学精神，感召着一批又一批龙的传人投身于中华民族伟大复兴的事业。时代在不断进步，文化将持续发展，古代丝绸之路的探索创新精神必将代代薪火相传！